恩田の視線は横へとそそがれていた。
反応を観察されているようにも見える。これは挑発なのか。

illustration by AMI OYAMADA

アカサギ～詐欺師《さぎし》と甘《あま》い鉄枷《てつかせ》～

沙野風結子
FUYUKO SANO

イラスト
小山田あみ
AMI OYAMADA

Lovers Label

CONTENTS

プロローグ

寄せ木細工のように組まれた板床に滲《にじ》む、春の陽射《ひざ》し。西新宿のビル群を望む窓の手前には背高《せいたか》な観葉植物がいくつも並べられ、八畳ほどの室内に青臭い酸素を吐き出している。

恩田奏源《おんだそうげん》は暗色のマホガニーの天板に肘《ひじ》をつき、山積みの報告書に瞬《まばた》きの少ない目を走らせていた。

ちまたでは弁護士余りなどと騒がれているが、この恩田法律事務所は四年前の開業以来、急勾配《こうばい》の右肩上がりを更新中だ。当初は弁護士は恩田ひとり、司法書士ひとり、事務員ひとりというこぢんまりした所帯だったが、現在では恩田以外にふたりの弁護士、三人の司法書士、三人の事務員が在籍しており、最近はそれでも捌《さば》ききれないほど繁盛している。

大々的に広告を打たなくても、質の高い仕事をしていけば口コミでクライアントは増えていくものだ。しかし雇用人数が増えるほど統制が利きにくくなるため、そうそう簡単に人員を増やすわけにもいかない。こうして弁護士業務の合間を縫《ぬ》って全体的な仕事のクオリティを精査するのも、所長としては欠かせない仕事だ。

ふいに、所長室の扉が強く小刻みに叩《たた》かれた。

「失礼します」

寺岡《てらおか》弁護士が慌《あわ》ただしく入ってくる。彼は二十八歳と事務所内の弁護士では一番若く、職歴も浅い。手堅い生真面目《きまじめ》さが長所でもあり短所でもある。

恩田は眉根を軽く寄せた。

「なんだ、青い顔して」

眼鏡《めがね》をかけた面長の顔を強張《こわば》らせながら、寺岡が泣きついてきた。

「すみません、所長。僕の手には負えない案件です」

「なにを甘ったれてる」

視線と声をざらつかせると、寺岡は一瞬怯《ひる》んだが、頑《かたく》なに言い張った。

「頭が混乱してしまって、僕には無理です」

恩田は低く舌打ちする。

尻はあとで叩いてやるとして、クライアントを待たせておくわけにはいかない。

「どんな案件だ」

ノートパソコンでデータをチェックする。

「木村浩二《きむらこうじ》さん、三十九歳。今日が初回です」

「木村木村。ああ、これか」

相談内容は、結婚の約束をしていた交際相手に多額の金を使わされたうえで連絡が取れなくなった、というものだった。

痴情《ちじょう》のもつれか、結婚詐欺《けっこんさぎ》か。

どちらにしろ、恩田にとってはまったく食指が動かない内容だった。しかし実際のところ、市井《しせい》の法律事務所であつかう案件の多くは男女間のトラブルだ。重い腰を上げる。

「恩田所長、本当に申し訳ありません！」

土下座せんばかりの勢いで、寺岡が頭を下げる。

普段はドロドロの離婚相談にも根気よく取り組む寺岡が投げ出すのだから、よほどのことなのだろう。

相談用の個室に入っていくと、ソファで肩を落として座っていた木村浩二がビクッとして背筋をまっすぐにした。

恩田は上背があり、胸板の厚いがっしりとした体格をしている。顔立ちも相手に威圧感を与える系統のものだ。

検事時代はこの外見のお陰で容疑者が萎縮《いしゅく》して仕事をしやすかったが、弁護士としては第一印象で相手に強い緊張感を与えてしまう。なかには、くだらない内容で相談に来てしまったと我に返って退散するクライアントまでいる。それはそれで結構だ。そんな軽い仕事はほかの同業者に回すまでだ。

逆に深刻な悩みをかかえるクライアントたちにとって、恩田奏源は法廷の争いに長《た》けた頼もしい守護者となる。

「お待たせしました。恩田と申します。私が引き続き相談を承ります」

名刺を渡して告げると、木村はばつの悪そうな顔をした。

いい年をして、同年代の男に色恋のトラブルを語るのは気が引けるのだろう。

恩田と木村は、同じ三十九歳だ。手元のファイルによれば木村はバツイチ子持ちで、それも共通点だった。

恩田が離婚したのは、五年前のことだ。息子の親権は問答無用で妻が取った。無理もない。離婚理由は、検察勤めだった恩田が仕事に没頭して家庭を顧《かえり》みなかったせいだった。

四年前に検事を辞めて弁護士に転身したのは、離婚が直接の原因ではない。しかし、遠因のひとつではあった。

向かいのソファで木村がおずおずと話しはじめた。

「結婚詐欺に遭《あ》いました。相手は二十七歳。フリーランスで通訳の仕事をしていると言ってました」

恩田は手帳を開いて、必要なワードを記していく。

「英語のペーパーバックを持ち歩いてて――あの、私は英語が苦手なんですが、そしたらマキさんが英語を教えてくれるって、いつか一緒に海外旅行に行こうって約束してくれたんです」

「マキというのが、相手の名前ですか」

「はい…はい。マキさんは、理知的で憂《うれ》いのある、すごい美人なんです。背はすらっとしてて、髪が綺麗《きれい》で。あの栗色の目で見詰められると、本当に吸いこまれそうになります。得意料理はフレンチで、一回うちに来て料理を作ってくれました。愚痴《ぐち》なんかも嫌な顔ひとつしないでウンウンと聞いてくれて……あんな素敵な人が私みたいな冴えない中年男とよく付き合う気になってくれたと夢見心地でした」

木村は中肉中背《ちゅうぜい》で、自身が言っているとおり、絵に描いたような冴えない中年サラリーマンだ。ひと回りも下の美女を引っ掛けられるようなタマではない。まぁ実際、相手は詐欺師で、引っ掛けられたのは木村のほうだったわけだが。

夢のような女は所詮《しょせん》、仕事のための作り物だったというわけだ。

しかし、いったいこの案件のなにが、寺岡をあそこまで困惑させたのだろうか。

放っておくと、木村はマキという結婚詐欺師との甘い思い出をいつまでも語りそうな勢いだったから、恩田は低音の声で場を引き締めた。

「それで、出会いは、いつ、どこで」

「え、あ。出会ったのは三ヶ月前、本屋でたまたま同じ本を取ろうとして。いや、あんな映画みたいな出会い方ってあるんですね」

狙い澄ましたかのようなベタな出会い方だ。

センスを疑うが、それで木村は見事に釣られたのだから、詐欺師の演出は正しかったことになる。詐欺師というのは非日常の演出に長けているものだ。そして、その演出に簡単に引っ掛かる人間こそが格好のカモとなる。

「しかも、マキさんのほうからこの作家が好きなんですって話しかけてきてくれて、私もずっと本を集めていた作家で、それでそのまま食事をすることになったんです。本の話で盛り上がって――」

「デートの頻度は？　三ヶ月で何回会いましたか？」

「月に一度で、三回会いました。でも、メールは毎日してましたから」

「たった三回で、結婚の約束をしたわけですか」

最低限の労力で金品を巻き上げて男の気持ちを弄《もてあそ》んだのだから、そうとうなテクニックの持ち主だ。常習犯だろう。

「立ち入ったことを伺《うかが》いますが、肉体関係のほうは」

「――キスは、一度しました」

木村が顔を赤くしながら続ける。

「それ以上のことは、なにぶんにも私も初めてだったので、やっぱり少しこう違和感というか、勉強しないといけない部分もあって尻ごみしてたといいますか」

「初めて、とは？　木村さんは婚姻歴があるでしょう」

「……いや、やっぱり同性というのは、女とするのとは違うじゃないですか」

ボールペンで手帳に「同性」と書いたところで、恩田は手を止めた。そしてこれまでメモしたキーワードを流し見する。目を上げて、木村に尋《たず》ねる。

「相手のフルネームは？」

木村がテーブルの表面に指で文字を書く。

「槇圭人《まきけいと》です」

「なるほど。槇は名字でしたか。ところで今回は結婚詐欺の相談ということでしたが、日本において現段階では同性同士の婚姻は成立しません」

「私は本気でした！」

木村が声を荒《あら》らげた。

「私は槇さんを本気で愛していたんです。一般的な結婚とは違いますが、同じ籍に入ることはできます」

「ああ、養子縁組するつもりだったわけですか」

「結婚です。私は本気で結婚するつもりでいたのに、マキさんに騙《だま》された。これは結婚詐欺なんですっ」

恩田は口の片端をわずかに下げた。

——寺岡はそれで混乱したのか。

同性愛絡みの相談がないわけではないが、さすがに同性相手の結婚詐欺だと言い張るクライアントは初めてだ。

しかも、交際期間三ヶ月。会ったのは三回。

「槇主人に貢《みつ》がされた金品を、具体的にお願いします」

「最後に会った二月十四日に、フランクミュラーの時計を渡しました。マスターカレンダームーンフェイズというやつで、三百五十一万円もしたんです。借金までして買ったのに…っ」

「ほかに金品の被害は？」

「それだけです」

「現金の被害は？」

「ありません。でも、私は本当に結婚する気で…」

「詐欺罪として、警察に告訴するなら手続きをしますが」

すると、木村は鳩《はと》が豆鉄砲《まめでっぽう》を食らったような顔になった。

「こ、こ、告訴なんて、できません。男同士なんですよ。そんなこと、警察に相談できないから、ここに来たんじゃないですかっ」

この手の反応は男同士でなくても同じだ。

これまで恩田は、結婚詐欺やそれに準ずる案件をいくつも取り扱ってきた。男に騙された女もいれば、女に騙された男もいた。しかし告訴に踏み切ったケースは一件たりともなかった。

一度は本気で愛情をそそいだ相手に踏み躙《ふにじ》られた経過を裁判という公《おおやけ》の場でつまびらかに晒《さら》すなど、耐えがたいことだ。とはいえ、告訴しなければ相手に刑罰を与えられない。そうなると通常は、泣き寝入りになるわけだが。

　手帳を閉じて、恩田はクライアントを正面から見据《みす》えた。

「木村さんは、なにを望んでいますか？」

　涙ぐんだ目をショボショボさせながら、木村が答える。

「も、もし私のところに戻ってきてくれるなら、槇さんのことを、許します」

「平気で詐欺をするような人間が、一緒に生きてくれると思いますか？」

「――――」

「告訴しない以上、泣き寝入りか、示談《じだん》ということになります」

「泣き寝入りは嫌です！」

「示談の場合は着手金および事務手数料、成功報酬《ほうしゅう》として示談金の十六パーセントをいただくことになりますが、よろしいですか？」

「ここの法律事務所は、示談の成功率が高いって評判を聞きました。それでこちらにしたんです」

「ありがとうございます。百パーセントとはいきませんが、全力を尽くさせていただきます。示談に持ちこむためにはまず、槇主人を確保する必要があります」

「でも連絡は取れないんです。携帯電話も解約されてて」

　木村は、相手の住所も知らないのだという。

　槇を東横線の改札口まで送ったことがあるそうだが、十中八九、東横線はカモフラージュだろう。

　もっとも有力そうな手がかりは、木村が一枚だけ携帯電話で隠《かく》し撮《ど》りした、バストショットの写真だった。耳が隠れる長さの髪が横顔にかかっているせいで顔立ちは判然としないが、長めの鼻筋の美しさが目を引いた。襟《えり》つきのニットカーディガンを着た、やわらかい雰囲気の男だ。

槇主人に関する情報をすべて吐き出させてから、恩田は木村を事務所から送り出した。

青い顔をした寺岡が飛んでくる。

「所長、いかがでしたか？」

恩田は厚みのある肩をわずかに竦《すく》めた。

「なかなか面白《おもしろ》いんじゃないか」

代打の報酬に寺岡にドリップコーヒーを淹《い》れさせながら、恩田は赤く染まる新宿の景色を眺める。

検事だったころには視界に入らなかった日常を舞台にした諍《いさか》いが、ここには溢《あふ》れている。

1

まとまった金が入った。

今日は午前中から美容院に行き、午後は暗くなるまで気に入りのショップ巡《めぐ》りをして春夏物の服や靴を買い漁《あさ》った。充実した金曜日だ。

白いVネックの七分袖シャツに灰色のジレベスト、ストレートパンツの腰にはクセのある見せベルト。つま先の尖《とが》った靴。いま身につけているこれらもすべて、今日買ったものだ。

支払いは、現金。万札の入った封筒がみるみるうちに薄くなっていくのが愉《たの》しくて仕方ない。また稼《かせ》がなければという原動力にもなる。

立体駐車場に駐《と》めた、流線型の鼻先をした銀色のランチア・デルタの後部座席にショップの袋を放りこむ。

鼻歌交じりに左ハンドルの運転席に身を滑らせようとしたときだった。

肘をぐいと摑《つか》まれた。

「槇主人だな」

くぐもった重い声に訊《き》かれた。いや、質問形ではない、威圧的な断定だ。

振り返った槇は頬《ほお》を強張らせた。

――ヤバい。

子供のころから鍛《きた》えられた処世術として、人間を瞬時にふたつに分別する能力が身についている。

自分が簡単にあしらえる相手か、あしらえない相手か、だ。

そしていま目の前にいる男は、間違いなく後者だった。

四十歳ぐらいか。太い眉と目の間隔が狭《せま》く、眼光が重苦しい。顔のどのパーツにも厳しさが滲《にじ》み、素顔なのに顔が隠れる西洋兜《アーメットヘルム》でも被《かぶ》っているかのような不気味な印象を受ける。

やくざと紙一重の刑事か——いや、刑事とも少し空気が違う。

どう考えても、適当にいなせる相手ではない。

いなせないいなら、逃走一択だ。

しかし、肘の関節を動かせない角度で摑まれている。場慣れした、実戦能力のある男なのだろう。露骨《ろこつ》に抗《あらが》う動きをすれば瞬時に床に捻《ね》じ伏せられておしまいだ。

槇はゆるりとした動きで、スーツに包まれた男の太い腕の外側に、自分の腕の外側を寄り添わせた。

摑む角度に無理が生じて、男の指が肘で蠢《うごめ》く。太くて強い指だ。

槇はそのままなめらかに相手と背中を重ねる体勢になる。

布越しに、男の硬い肉体を感じた。兜《かぶと》だけでなく、首から下も鎧《よろい》でできているみたいだ。

腹の底のほうが、ざわりとした。

すでに肘から男の手は離れていた。それなのに、相手は慌てる様子がない。そのことにかえって不安を搔《か》き立てられながら、槇は靴裏で床を蹴《け》った。走りだす。

追ってくる足音は聞こえるが、どこか余裕を感じさせる歩調だ。

——なんなんだ、あいつはっ。

下の階へと続く車用のレーンを駆け下りていった槙は、蹴躓《けつまず》いたように立ち止まった。レーンいっぱいに、車が斜《なな》めに駐めてあったのだ。車の向こう側には人影がある。男の仲間だろう。歩く足取りで、男が坂を下りてくる。

一回大きく肩を上下させてから、槙は毒っぽい表情の顔を上げた。男を正面から眺める。

「あんた、ナニモノ？」

近づいてきながら男はジャケットの内ポケットから名刺入れを出し、一枚抜いた。それを差し出して、名乗りを上げる。

「恩田法律事務所所長、恩田奏源だ」

わざと軽い手つきで受け取った名刺を一瞥《いちべつ》して、槙はさらりとした髪を耳にかけた。気だるい上目遣《うわめづか》いで恩田を見る。

「それで弁護士の先生が俺になんの用？」

相手は質問には答えなかった。

代わりに、ごつい節をした手が伸びてくる。喉仏《のどぼとけ》を掌《てのひら》で潰《つぶ》すかたちで首を摑まれて、槙は薄く唇を開いた。呼吸のたびに口笛じみた細い音が漏《も》れる。

首を摑まれたまま、斜めに駐められた車の後部座席に押しこまれた。恩田は槙の横にずしりと座り、仲間の三十歳前後らしき無精髭《ぶしょうひげ》は運転席に収まった。シートベルトを締めながらその男がバックミラー越しに自己紹介する。

「恩田先生にご贔屓《ひいき》にしてもらってる興信所調査員の安藤《あんどう》です。よろしく、アカサギちゃん」

アカサギとは結婚詐欺師の隠語だ。

槇は開き直ってシートにだらしなく背を預けた。

「弁護士先生は、半グレ上がりを飼い慣らしてんのか」

「よくわかったな」

恩田の手が今度は項《うなじ》を摑んできた。

ざらつく親指に、耳の下の頸動脈《けいどうみゃく》をなぞられる。おかしな行動を封じる言外の脅《おど》しだ。

「目を見れば、どういう奴かはたいがいわかる」

豪語《ごうご》すると、恩田が腰を捻じって顔を寄せてきた。

「それなら私のこともわかるな？」

鎧のあいだから黒く光っているような、瞬きのない双眸《そうぼう》。

世間一般の弁護士というカテゴリーに収まりきる男ではない。厄介な男に捕まったと再認識する。

緊張を隠して、軽口を叩く。

「朝まで眠らせてくれない迷惑男だな」

すると、興醒《きょうざ》めといった顔つきで、恩田が顔を離して前方へと視線を投げた。

「生憎《あいにく》、淡泊なほうだ」

しかしその自称淡泊がとんだデマカセであったことを、槇はその後、恩田法律事務所の一室で四十六時間かけて思い知らされた。

いや、言葉数は少ないから、淡々とはしていたかもしれない。ただ持久力が半端なかった。

この法律事務所は土日をしっかり定休日にしているらしい。あえて金曜の夜に捕まえたのも、こうやって時間をかけてとっくり絞《しぼ》るつもりだったからだろう。

　恩田は槇の個人情報をすでに収集ずみで、派手な生活ぶりも把握していた。摑んでいるのは木村浩二の一件だけだったが、男相手の結婚詐欺を繰り返してきたことまで見抜かれていた。

　長い沈黙に耐えかねて、槇はぐったりしながら掠《かす》れ声を吐き出す。

「だから、木村が勝手に貢いだって言ってんだろ。時計はいらないから、その辺に捨てた」

　法律相談にもちいるらしい個室の窓に提げられた白いブラインドの隙間からは、夕刻の赤い光が縞《しま》模様を描いて漏れている。

　ソファに腰掛けた槇は丸二日一睡《いっすい》もさせてもらえない状態で、頭の芯《しん》も身体の芯も痺《しび》れきっていた。いまにも意識が飛びそうだ。

　それなのにまったく同じ条件のはずの恩田は、スタート時点と変わらない背筋をまっすぐに伸ばした姿勢で、向かいのソファに座っている。そして、どうでもいい内容の発言は、いまみたいにまったく反応を示さずに黙殺するのだ。

　本当に全身甲冑《かっちゅう》でできているんじゃないかと槇は本気で疑いはじめていた。

「なぁ、俺みたいな小物にこれだけの時間を割《さ》く意味あんのか？」

　およそ一時間ぶりに、恩田の口元の筋肉が動いた。

「お前が本当に小物なら、とっくに落ちてる」

　質問自体には答えていないが、割と悪くない答えだった。

　横隔膜《おうかくまく》がかすかに震えるのを槇は感じる。口元がほころぶ。

　恩田が浅く瞬きをした。そして、この部屋に入ったときに言ったのとそっくり同じ言葉を繰り返した。

「木村氏は示談を望んでる。相応の金を吐き出せば、解放してやる」

「金はない」

そこまでは同じだったが、この四十六時間で、恩田の次の一手は変わっていた。

「ないなら、あのイタ車を売る。ディーラーに査定を出させてる」

「なに勝手なことしてんだよ」

思わず前傾姿勢になると、恩田の身体も前にわずかに傾いた。その力強い鼻筋にかすかに皺《しわ》が寄る。

「――――」

「色恋の案件なんぞ反吐《へど》が出る」

皺はすぐに引っこんで、また鉄面皮《てつめんぴ》に戻った。そして立ち上がる。

「行くぞ」

「は？　どこにだよ」

「お前の家だ。車で足りないぶんは家財道具を売り払って示談金に充《あ》てる」

弁護士の成功報酬は示談金の何割という計算で決まると聞いたことがある。法廷を通さないぶんだけ示談金は破格設定が可能なわけで、恩田は槇からたんまり巻き上げるつもりなのだろう。

――俺がカモにされるとはなぁ。

とはいえ、住所は摑まれている。マンションの鍵も恩田に没収されていた。この状況では拒絶のしようもない。しかも相手がこの男だ。

少なくともいまこの段階での勝敗はついていた。

槇は癖のない栗色の髪をぐしゃりと掻きまわしてから立ち上がろうとして——強烈な目眩《めまい》とともによろけた。

恩田が大きな一歩で近づき、二の腕を摑んで支える。その握力は四十六時間前とまったく変わらない。

化け物だ。

安藤の運転で、中野にあるマンションに着く。

内装はリノベーションで綺麗になっているものの、外観はかなり古めかしい。槇の借りている九階の物件は、三畳のキッチンに八畳のリビング、四畳半の部屋がひとつという、こぢんまりした間取りだ。

「家には金をかけない主義か」

部屋を見てまわりながら、恩田が納得いかないように呟《つぶや》く。

イタリア車に乗って気前よく金を使う詐欺師なのだから、もっと豪勢な部屋に住んでいるとでも思ったのだろう。

恩田と安藤がまるでガサ入れみたいに部屋のなかを引っ繰り返していくのを、ソファに腰掛けた槇はぎらつく目で凝視する。

この部屋に大切なものなど、ない。好きにすればいい。

「こっちはウォークインクローゼット状態ですね」

四畳半の部屋を覗《のぞ》きながら安藤が言う。

そこには天井までのラックが並べてあり、衣類や本などがぎっしり納められている。

ハンガーに掛かった衣類をざっとチェックしてから、恩田が英語のペーパーバックを手にした。

「半分は、詐欺仕事用の小道具だな」

図星だ。

ターゲットとなる男たちは三十代から四十代なかばまでだ。少しダサくて品がいい路線に食いつく。服だけでなく人格も変える。優しげで褒《ほ》め上手で、しかし一目置かれる要素も配置しておく。

安藤はどうやらブランド品の目利きができるらしい。すごい勢いで質屋で高く引き取ってもらえそうなものを選《よ》り分けていく。

恩田がふたたび八畳間を検《あらた》めはじめる。

車とブランド品を売り払えば、木村への示談金には充分すぎる額になる。だから恩田は金目のものを探している様子ではなかった。

なにか、槇主人という人間を見透《みす》かそうとしているかのようだ。

背の高いキャビネットのうえへと恩田が手を伸ばした。そこに置かれた箱を取るには、身長百七十五センチの槇だと踏み台が必要だ。しかし恩田は容易《たやす》く箱を手に取った。

槇はソファから慌ただしく立ち上がった。

「それには触るな」

無視して、恩田が埃《ほこり》の積もった蓋《ふた》を開ける。そして、ゆっくりと瞬きをした。その黒く据わった目が、箱のなかと槇の顔とを往復する。

「ああ、なるほどな」

「返せ」

乱暴に箱を摑むと、恩田が中身だけをひょいと取り上げた。

「今回の件が一段落するまで預かっておく」

槇は奥歯を嚙《か》んでから、ぞんざいに言う。

「そんなもの、どうでもいい」

「心配するな。『貴重品』は大切に保管しておく」

「だから、どうでもいい」

恩田はそれを手帳に挟《はさ》むと、内ポケットに収めた。

四畳半の部屋から、ダンボール箱を抱えた安藤が出てくる。

「貴金属が少ないのは残念ですけど、なかなか大漁ですよ。いっそ、うちで質屋始めましょっか」

大きなダンボール箱ふたつと紙袋三つが、リビングの床に積まれた。袋のなかのブランド物の鞄《かばん》を手に取りながら恩田が訊《き》く。

「トータルでいくらぐらいになりそうだ？」

「ざっと見積もって、三百ぐらいですかね。吹っかければ四百いくかな」

「充分だ」

安藤に収穫物を車に運ばせているあいだに、恩田は革のビジネスバッグから一枚の紙とボールペンを取り出した。

「和解契約書だ。乙《おつ》の欄《らん》に記入捺印《なついん》しろ」

槇は乱暴に住所氏名を記しながら悪態《あくたい》をつく。

「色恋に反吐が出るとか抜かしてたけど、あんたには無縁だろうな。童貞なんじゃねぇの」

実際、この甲冑男が恋愛をする姿など、微塵《みじん》も思い描けない。

捺印して書類を突っ返すと、恩田がそれに確認の視線を流しながら言った。

「婚姻歴はある」

「は？」

まともな答えが返ってくると思わなかったせいで、槇は一瞬たじろいだ。

「……歴があるってことは、離婚したのか」

「ああ」

「子供は？」

「ひとりいる」

「離婚して、子供は放り投げたわけか」

「そういうことになるな」

書類を鞄に入れて、恩田が立ち上がる。

「すべて決着したら、『貴重品』を返してやる」

「とっとと出てけ。俺は寝る」

奥のコーナーに寄せて置いてあるシングルベッドにもぐりこむ。

しばらくすると荷物の運び出しを終えた恩田と安藤が立ち去り、部屋には静けさが広がった。

もう六十時間ほども寝ていない。こうして横になっていても頭の芯がぐらぐらする。吐き気がするほど眠い。

それなのに、異常に気が立って眠れない。

「クソっ」

ベッド横の壁を思いっきり蹴る。

毛布を跳ね飛ばして起き上がる。

「恩田奏源」

掠《かす》れ声で呟き、もう一度壁を蹴っ飛ばした。

2

午後三時。ノートパソコンを乱暴に閉めて、槇は苛《いら》つきながらなまぬるいビールを喉《のど》に流しこんだ。さっぱりツキが来ない。

半月前に、あの恩田という弁護士と出会ってからというもの、絶不調だ。

「疫病神《やくびょうがみ》かよ」

しかし実は、その疫病神からの連絡を待っている。

別に恩田に没収された貴重品に未練があってのことではない。あんな埃を被った過去など、どうでもいい。あの箱の中身は捨て忘れていただけだ。

恩田のことを思い出すと、虫酸《むしず》が走る。

自分をカモにして成功報酬を荒稼ぎしたのもさることながら、恩田の血肉の通っていないような動じなさがひどく気に障《さわ》った。

人間を操《あやつ》る手管《てくだ》でここまで生き抜いてきた槇としては、一矢報《いっしむく》いないわけにはいかない。単なるプライドの問題ではない。槇圭人という人間の根幹に関わる話だ。

それにしても、恩田はこれまで槇がターゲットにしてきた男たちとはまったく毛色が違っていた。というより、彼のような男には会ったことがなかった。

結婚詐欺のためにもちいてきたノウハウでもって、恩田の情報はすでに収集ずみだ。

恩田奏源は神奈川県出身の三十九歳。両親も妹も著名な音楽家で、恩田自身も高校まではヴァイオリンを弾き、コンクールでの入賞歴も多くあった。しかし大学は法学部に進み、在学中に司法試験に合格。司法修習を経《へ》て二十四歳で検事になった。

検事なら、あの人間味に欠けた取り調べの姿勢にも納得がいく。恩田相手では、容疑者たちも音《ね》を上げたに違いない。

二十六歳で結婚し、二十七歳のときにひとり息子の琢《たく》が生まれ、三十四歳で離婚。

離婚の翌年、検事を辞めて弁護士になっている。いわゆるヤメ検というやつだ。

恩田法律事務所は裁判に強く、示談の手際もいいということで、業界内での評価は高いらしい。

生まれ育ちがいいくせに昼行灯《ひるあんどん》でもなく、地に足のついた厳しい仕事をして、世に貢献《こうけん》しているというわけだ。

――俺とはなにもかも真逆か。

そんな男を屈服させることができたら、どれだけ爽快《そうかい》だろう。想像するだけでゾクゾクする。

仕事用ではない、プライベート用の携帯が鳴った。見覚えのない携帯番号が表示される。期待に胸が膨《ふく》らむのを感じながら、気《け》だるい声音《こわね》で電話に出る。

「誰？」

相手は名乗らずに、用件を口にした。

「示談手続きは終了した。例のものを返してやるから、事務所に取りに来い」

どうやら恩田は約束を守るタイプらしい。

「それ、俺にとってはどうでもいいものだけど」

一矢報いる計画を遂行《すいこう》するには、ここにおびき寄せる必要がある。

「返すって言ったのはあんたなんだから、うちまで届けろよ」

「……」

沈思しているのかと思いきや、突然電話が切れた。

「——おい、来るのか来ないのかぐらい言えよ」

文句を言いながらも、槇はすぐに行動を開始する。シャワーを浴びて身体と頭をすっきりさせ、身支度を整える。服は白いワイシャツに灰色のスラックス。鏡に向かって深刻な表情を作ってみる。これまでこの表情に騙されなかった人間はいない。悩みを聞いてやろうと食いついてくる。

部屋を片付けて、黒ガラスのローテーブルの天板を綺麗に拭《ふ》く。

コーヒー、紅茶、日本茶と、どれでもすぐに出せるようにキッチンに準備する。

対の、コーヒーカップもティーカップも湯呑《ゆの》みも、今日のために買い揃《そろ》えたものだ。

三年前から住んでいるこのマンションに、人を招き入れたことは一度もなかった。自分しか使わないのだから、対の食器など必要ない。カップだけでなく皿も、気に入ったものが一枚ずつあれば充分だ。

恩田を罠《わな》に嵌《は》めるための準備をすべて終えてから時計を見る。四時半だ。

来るとしたら何時に来るのか。今日中に来るのか。それとも、来ないつもりなのか。

こういう宙ぶらりんな状態は苦手だ。

普段、詐欺のターゲットに対して、槇はかなり積極的にメールを送る。相手に冷静に考える隙を与えないためだ。ほとんどのターゲットが異性を恋愛対象とするヘテロだから、槇のほうから攻勢をかけなければ関係が成立しない。

同性だからと躊躇《ためら》っていた男が、自分の手管でいいように骨抜きになっていくのを見るのは愉快で仕方ない。男たちは女を相手にするときの駆け引きや打算を忘れて、うっかり純情を晒けだす。

思い出し笑いをしていた槇は、インターフォンが鳴る音にビクッとした。

時計は五時半を示していた。恩田法律事務所の営業時間は十八時までだから、本人が来るにしては少し時間が早い。

まさか安藤にでも代わりに持ってこさせたのか。

軽い落胆《らくたん》を覚えながら、壁に取りつけられたモニターでエントランス映像を確認する。

「……」

下がっていた口角が、ゆるりと上がる。

「どうぞ」

機械越しに来訪者に声をかけながら、エントランスドアのロックを解除した。玄関に移動して、天井まであるシューズボックスの扉に嵌めこまれている鏡で全身をチェックする。

エレベーターホールのほうから近づいてくる硬い足音。それは扉を一枚挟んだ向こう側で止まった。玄関チャイムが鳴る。

いま、すぐそこに恩田がいる。

ぶるりと武者震いをしてから、槇は深刻な表情を浮かべてドアを開けた。

「あの…」

話しかけようとしたとたん、目の前に封筒を突きつけられた。咄嗟《とっさ》にそれを受け取ると、「貴重品は確かに返却した」と告げて、恩田が大きな身体を返して立ち去ろうとする。

「え、ちょっと待てって」

慌てて手を伸ばし、男の太い手首を掴む。

怪訝《けげん》と不機嫌を混ぜた顔つきで、恩田がわずかに振り返る。気圧《けお》されそうになりながらも槇は態勢を立てなおす。

「恩田さんに相談したいことがある」

「三十分五千円だ」

「……え？」

「うちの規定の相談料だ」

要するに、恩田法律事務所の法律相談は三十分五千円だから金を払うなら相談に乗る、ということらしい。

――この俺からさらに金を巻き上げる気か。

むかっ腹が立つが、恩田はいまにも槇の手を振りほどいて立ち去りそうだった。即決するしかない。

「ちゃんと料金は払う」

「わかった。引き受けよう」

「よかった。じゃあ、上がって」

数秒の沈黙が落ちる。まさか相談は事務所で受けるなどと言い出すつもりかと危ぶんだが、恩田は踵《きびす》を返してみずから先に槇の部屋へと入っていった。

ソファに座った恩田に尋ねる。

「コーヒー、紅茶、日本茶、どれがいい？」

「コーヒーでいい」

ドリップで、ふたつのコーヒーカップを満たす。そして、片方に用意しておいた錠剤を溶かした。無味無臭のタイプだから気づかれることはないはずだ。果たして、この錠剤でどんな面白いショーが見られるのか。槙は溢れそうになる嗤《わら》いを噛み殺して、神妙な顔つきでコーヒーをリビングへと運んだ。

ローテーブルにソーサーとカップを二組置く。

ソファはひとつしかないから、槙はテーブルを挟んでラグに正座をした。反省している雰囲気を出すのにもこれで正解だろう。弱った目つきで正面の恩田を見上げると、言われた。

「砂糖をくれ」

外見からブラック無糖だと決めつけていた。立ち上がって、砂糖とスプーンをキッチンから運んでくる。

恩田はスティックの砂糖をすべて入れたものの、すぐには口をつけなかった。

「それで、どんな相談だ？」

「……どうしたら、結婚詐欺をやめられるかと思って」

「やめたいと思ってるのか？」

真剣な顔で頷《うなず》くと、恩田が「うむ」と喉を低く鳴らした。そして、ソファから腰を上げて、ラグに胡座《あぐら》をかいて座った。

距離が一気に半分になる。

目線の高さが同じになり、黒い双眸が瞬きもなく見詰めてくる。

「──」

恩田の真摯《しんし》さが伝わってきていた。わざわざソファから降りたのは、仕事をするときの姿勢の表れなのかもしれない。おそらく恩田はクライアント相手に、いつもこんな姿勢なのだろう。いい加減なことを言えないような気にさせられる。

緊張しているのを自覚して、槇はコーヒーを口元に運んだ。すると、つられたように恩田もコーヒーカップに手を伸ばした。肉厚なわりに硬そうに見える唇が縁《ふち》を咥《くわ》える。

男の喉が嚥下《えんげ》の動きをする。

──よし。

槇は最高の気分で、大きくコーヒーを飲みこんだ。気持ちはすっかりほぐれていた。もう勝ったも同然だった。

「俺のは病気みたいなもんだから」

さっき恩田から渡された封筒はテーブルの片隅に置かれていた。それに意味深な視線を向けてみせる。

「父親と関係があるのか」

恩田に問われて、頷く。

封筒の中身は写真だ。八歳の槇と父親とが一緒に写った、槇が唯一持っている父の写真だった。

「俺は男に、父親を重ねるんだ」

「木村氏とお前の父親は、似ていないと思うが」

「あんたにはわからないだろうけど、似てる」

凝視してくる恩田の視線を押し返すように、目を見返す。

「父親は八歳の俺を施設に預けた。写真はその時に撮った。年に何回か面会日や外泊許可の日に会ってたけど、十四歳のときに来なくなった。施設の職員も連絡を取れなくて、俺は施設を抜け出して親父のアパートに行った。窓からなかを見たら、空っぽになってた」

平坦な声でそこまで喋《しゃべ》り、苦々しい気持ちになる。喋ったせいで、当時の一途《いちず》で愚《おろ》かな想いを記憶の底から掘り起こしてしまった。いまさら感情を揺らされることもないが、辛気《しんき》くさくて不快だ。

せっかくこれから愉しいことが起ころうとしているのに。

槇は恩田の様子を窺《うかが》う。そろそろ異変が起こっていいころなのだが、その鉄面皮に崩れは見られない。

──おかしい…。

恩田の輪郭《りんかく》が二重に見えて目を擦《こす》ると、掌がかすかに湿った。自分が涙ぐんでいることを知る。心臓の動きが速い。項から腰にかけて、背骨のラインにざわめきが絡みついている。

感情の見えない表情と声で恩田が問う。

「真実だったとして、そのエピソードをいまここで話すことになんの意味がある?」

「なんの意味って……、だから、俺が結婚詐欺をする理由を」

「そもそも、お前は結婚詐欺をやめる気はない」

図星を突かれる。

「お前は私を罠に嵌める方便として、虚偽の相談を持ちかけた」

「……罠って、なんのことだ」

「いまお前が嵌まってる、その罠のことだ」

槇は思わずテーブルのうえの二客のコーヒーカップを見た。恩田の手が伸びて、その二客を入れ替える。

「っ」

槇は鋭く舌打ちした。砂糖を取りに行かされているあいだに、カップを取り替えられたのだ。

要するに、錠剤が入っているほうのコーヒーを自分で飲んでしまったわけだ。身体の異変は薬物によるものに違いなかった。乱れそうになる呼吸を押し殺しながら尋ねる。

「なんで、薬に気づいた?」

「わざわざ私をお前のテリトリーに来させたこと。その、いかにも反省していますというアピールが見える服装。他人を頼る気がないくせに、私に相談を持ちかけた点。用心して当然だろう」

顔が熱くなるのは、薬のせいなのか、すべてを見透かされていたせいなのか。

槇は正座を崩して片膝《かたひざ》を立てた。縁の赤くなった目で男を睨《にら》む。

「ああ、ああ。ご明察だよ。満足だろ。ならもう、帰れ」

ぞんざいに手を揺らして追い払う仕草をするのに、恩田は微動《びどう》だにしない。滅多《めった》に瞬きをしない目がゆっくりと動いて、槇の全身へと視線を巡らせていく。見られている場所に圧迫感を覚える。まるで強い掌でまさぐられているかのようだ。

槇は喉仏を小刻みに蠢《うごめ》かせた。唾液《だえき》が口腔《こうこう》に溜まる。涙腺《るいせん》がぬるつく。身体中の肌がしっとりと潤《うる》んでいく……下腹部が熱く痺《しび》れている。

「帰れって言ってんだろ！」

苛立《いらだ》って吼《ほ》えると、恩田が腰を上げてソファに座りなおした。半眼で槙を見下ろす。

「私をどうするつもりだったのか、確かめさせてもらう」

「は？」

「お前は私の、どんな姿を見たかったんだ？」

「――」

冗談じゃない。あの錠剤は強力な催淫剤《さいいんざい》なのだ。薬物の血中濃度を下げるには大量の水を飲むに限る。そう考えてキッチンに行こうとしたが、腰が震えて立ち上がれなかった。

「ずいぶん凄《すご》い薬を仕込んだようだな」

わずかにノイズが入ったような低音の声が、腰に響く。

「う…、…」

「詐欺の仕事で、その手の薬をよく使うのか？」

「うるさい。喋るな」

「木村氏とは肉体関係はなかったそうだが、普段は身体で男を誑《たら》しこむのか？」

ざらつく声に腹腔《ふっこう》を内側からなぞられる。スラックスの前が重たく膨らんでいく。粟立《あわだ》つ内股の肌を無意識のうちにきつく擦《す》りあわせる。強烈な尿意を堪《こら》えるときに似た体感だ。堪えているのに、先端からとろりとした体液が漏れるのがわかった。

「は…ァ…、ハッ」

一矢報いるはずが墓穴もいいところだ。

このまま醜態《しゅうたい》を晒して完全敗北するのか。奥歯をきつく嚙む。

横目で恩田を見れば、表情も身体も動かすことなく静観している。

どうしたら、この不気味なほど冷静な男に揺さぶりをかけられるのか。

——……見たい。

恩田奏源がわずかでも揺らぐ姿を見たい。

薬を盛ることには失敗したが、この状態を利用することはできる。槇はテーブルの黒いガラスの天板に手を這《は》わせた。

劣情に重たくなっている身体を、水のなかから引き上げるみたいにして、テーブルのうえに載る。

コーヒーカップがソーサーごと落ちて、灰色のラグに黒い染みを拡《ひろ》げていく。

ローテーブルを乗り越えて、その縁に腰掛けると、ソファに座る恩田と膝頭同士が触れあった。

その硬い感触に、淫らな欲を刺激された。

膝を大きく開いて、腰のベルトを外し、スラックスの前を開ける。ボクサーブリーフの切り返しになっているカップ部分は濡れて変色し、もったりと膨らんでいた。

「俺は、あんたのこういう姿が見たかったんだ」

掠れ声で囁《ささや》いて、布越しに性器を指でなぞる。すると、茎がもぞもぞと蠢いた。自分の肉体の一部なのに、まるでほかの生き物が入っているみたいだ。いつになく過敏に反応しているのは、薬のせいなのか。それとも、反応の読めない相手に痴態《ちたい》を晒す、緊張と興奮のせいなのか。

正面の恩田の顔を確かめると、その視線は槇の下腹部にそそがれていた。しかし見ているというよりも、淡々と映像を記録するレンズのようだ。

　自分がひどく馬鹿らしいことをしている気持ちに襲《おそ》われる。

　しかし、気持ちとは裏腹に、槇の長い指は卑猥《ひわい》な動きで布越しに亀頭をいじる。脚が跳ねるたびに、恩田と膝がぶつかる。何度ぶつかっても、恩田は脚の位置を変えようとしない。そんな刺激など、無神経男にはどうでもいいことらしい。

「ん…」

　槇は下着のウエストに両手の親指を引っ掛けた。もったいぶる手つきで引っ張ると、ぬるぬるになった紅い亀頭が飛び出した。腰をわずかに上げて、下着とスラックスを腿《もも》のなかばまで下ろす。

　色の薄い陰毛までも、先走りでぐしょ濡れになって光っていた。こうしているあいだにも、弧《こ》を描かんばかりに反《そ》り返ったものの先端から透明な蜜が止《と》めどなく溢れる。

　同性とはいえ、こんなものを間近で見せられたら、好悪は問わずなんらかの反応を示すものだろうに、恩田の視線には温度がない。

　ひんやりしたガラスの板に臀部《でんぶ》を押しつけると、卑猥な刺激が会陰部《えいんぶ》に生じた。茎の根元の双《ふた》つの膨らみがぺったりとそこに貼りつく。そのいびつに拡がった双玉を右手でいじりながら、左手を陰茎に這わせる。腰が自然と前後に揺れた。もしいまテーブルの下から覗いたら、黒ガラス越しに卑猥な様子が丸見えになっているに違いない。ガラスについている部分がズルズルと擦れ、後孔《こうこう》が歪《ゆが》んではヒクンと震える。

　騎乗位で無機物に犯されているかのような体感だ。

「あ……、ああ、ふ」

　朦朧《もうろう》となりながらペニスを根元から先端まで引き延ばすように扱《しご》く。搾《しぼ》り出されて糸を縒《よ》りながら垂れたものが、ガラスに透明な液溜まりを作っていく。

屈辱と快楽に溺《おぼ》れかけていると、ふいに視界が暗くなった。

恩田が身体を前傾させたのだ。

驚いて、槇は右手を後ろについた。でも、左手の扱く動きは止められない。

黒い眸《ひとみ》が槇の目を覗《のぞ》きこんでから、自慰行為へと向けられた。男の鼻先から亀頭までは二十センチほどの距離だ。

「な、んだ、よ」

――興味を……持ったって、ことか？

ようやっと反応らしい反応を引き出せたことに、胸が躍《おど》る。同時に灼《や》けるような劣情が膨らんだ。

手を動かすたびに濡れ音が大きくなっていく。そのまま絶頂まで昇りつめようとしたときだった。

恩田が左手を伸ばした。

下肢に触《さわ》るつもりなのか。槇は男の手を息を詰めて見守った。

その太い指先が、薄黒く濁《にご》る。

――え…？

どういう意図《いと》なのか、恩田はガラスの下に手を入れて、掌で天板を持ち上げるようにした。

「……」

じかに触られているわけではない。

それなのに、撫《な》でる動きをされて、槇の全身はわななないた。

無言で、無表情のまま、恩田が大きな手を動かす。それに合わせて、槇の腰は前後左右に揺れて

いく。触られたくて、より強くガラスに肌を押しつける。

ガラスの向こう側の恩田の手は、熱いのか、冷たいのか？　あの強い手指でどんなふうに愛撫《あいぶ》するのか？

知りたい。

波打つ会陰部を前から奥へとなぞられて、槇は両手を後ろについた。

カリカリと爪がガラスを引っ掻く音がする。

「う…、んっ」

後孔の襞《ひだ》を掻かれているのだ。直接の刺激はないのに、そこがヒクヒクと忙《せわ》しなく窄《すぼ》まる。引っ掻く音が荒々しくなっていき、槇の腹部や脚は極限まで強張った。

腰が前方に跳ね上がる。

「ぁ」

反り返った性器が大きく弾み、嘘《うそ》みたいに濃い粘液が茎の中枢を押し拓《ひら》いた。強すぎる快楽に、浮いた腰がガクガクする。

「ぁああぁっ…っ」

真っ赤に腫《は》れた亀頭の先から、白濁《はくだく》が噴き出した。それは勢いよく宙を飛び、びしゃりと音をたてた。

「――」

男の硬そうな頬に、重ったるい粘液が何度もぶつかっていく。

最後の精液がぴゅくりと漏れたのを見届けて、恩田がテーブルの下から手を抜き、上体を起こした。そしてスーツのポケットから白いハンカチを出し、折り目を二回広げて頬をきつく拭《ぬぐ》った。二回折りたたんで、それをポケットに戻す。

槇は黒いガラスの天板のうえに脱力した身体を横倒しにした。

恩田が立ち上がり、チェストの引き出しを開けた。また家捜《やさが》しをするつもりなのかとだるく眺めていると、三回目に開けた引き出しから財布を取り出した。空き巣はどこに金目のものが入っているか察するらしいが、この男も空き巣並みの嗅覚《きゅうかく》だ。

ふたつ折りの財布から紙幣を抜かれる。

「なにしてんだよ」

倒れたまま声を荒らげると、恩田がソファへと戻り、ビジネスバッグのなかから綴《つづ》りになっている用紙を出した。それに書きこんで捺印し、槇に差し出す。

領収書だった。

「一時間の相談料として一万円を受領した。確認しろ」

「…っ」

こんな醜態《しゅうたい》を晒したうえに金まで徴収されて腸《はらわた》が煮《に》えくり返る。

恩田は鞄を閉めて立ち上がると、領収書を片手でぐしゃりと握り締める槇に一瞥《いちべつ》をくれてから立ち去った。玄関の開閉音が響く。

「アフターケアぐらいしてけよ」

どうせ前戯も後戯もろくにしないタイプなのだろう。

いまだに催淫剤の効果は持続していて、身体が内側からむずむずする。熱っぽい呼吸を黒いガラス板に跳ね返される。

そのガラス板の下を這う男のいかつい手を思い出す。撫でられたのに撫でられていない会陰部が引き攣《つ》れる。

張った罠を見透かされていいように扱われた口惜しさに歯軋《はぎし》りしながらも、あの時の体感を甦《よみがえ》らせたくて、槇は身体を起こした。脚の狭間《はざま》をひんやりしたガラスに押しつける。

「は…ァ」

性器がとろとろと、白い蜜を垂らした。

3

使いこんだ革のような甘みのある色目の桜材のテーブルに酒と料理が並べられていく。このボックス席は店内の奥まったところにあり、なかば個室状態だ。味も雰囲気もいいが、人通りのないところで看板も出さずにやっている店だから、恩田はいつもこの指定席を使うことができる。二十六時まで営業していることもあり、最寄り駅から自宅マンションまでの最短コースからは外れるものの、週に三度四度ここに足を運ぶ。

カウンター席の内側の厨房《ちゅうぼう》スペースで黙々と料理を作りつづける店主は、七十歳ぐらいか。ひとりで給仕をしている、紺色の甚平《じんべい》に和帽子というういでたちの若者は、おそらく店主の孫なのだろう。鼻筋の途中の盛り上がり方がよく似ている。

恩田は間違いなく常連客ではあるが、店主は無愛想《ぶあいそう》で、給仕は初めて来たときと変わらない慇懃《いんぎん》な態度だ。それがまた恩田には心地いい。

冷えた日本酒をぐい呑みで味わいながら、左手を天板の下へと差しこんだ。しっとりした桜材に掌を押し当てると、一ヶ月前に味わった淫靡《いんび》な感覚が、アルコールとともに全身に巡った。

恩田のほうからは指一本触れなかったけれども、あの時の行為はなまじなセックスよりも刺激的だった。

同性の自慰行為など見ても愉しいわけがないと思ったけれども、不覚にも興奮を掻き立てられた。ガラス越しとはいえ自分の手指の動きに過敏《かびん》に反応する槇主人にぞくりとさせられた。顔射されたのには驚いたが、不思議と嫌悪を覚えなかった。

桜材を下から撫でていると、「恩田先生、お疲れ様でーす」と声をかけられた。ボックス席の向かい側に腰を下ろしながら、安藤が給仕の青年に「シンちゃん、キンキンの瓶《びん》ビールなぁ」と声をかける。

恩田は呆《あき》れた視線を安藤に向けた。

「いつの間に名前を訊きだしたんだ」

「シンちゃんのことですか？　いつだったかなぁ。とりあえず可愛《かわい》い子の名前は訊くでしょ」

安藤には肩の力の抜けた人懐っこさがあり、それがいまの探偵仕事には活《い》かされている。しかしこれでも三年前までグレーゾーンの集団にいただけあって、きな臭《くさ》い方面にも強いのだ。腕力もそれなりにあるし、なによりも機転が利くから安心して仕事を任せられる。

「とにかく、私の庭を荒《あ》らすな」

この隠れ家を安藤に教えたのは、仕事の話をするのに適しているからだったが早計だったかもしれない。ビールとグラスを運んできた「シンちゃん」は恩田には見せたことのない自然な笑顔を安藤に向けた。礼儀正しい硬派な印象が崩れて、二十歳そこそこのはにかむような愛嬌《あいきょう》が顔を出す。

冷えたビールを喉に流しこむ安藤にぞんざいに尋ねる。

「それで、なにしに来た」

「なにって報告ですよ。アカサギちゃんの。相変わらず所在が掴めません。転居先も不明」

槇主人は一ヶ月前、マンションを引き払って姿を消した。

恩田は左手をテーブルの裏側から離した。

「終わった案件だ。あいつのことはもう調べなくていいと言っただろう」

「んー、でも気になるじゃないですか。またどっかで男の純情が踏み躙られてるかと思うと」

「新たな被害者が出ても、私のクライアントでなければ関係ない」

「不正を正す検事だった人のお言葉とは思えませんけど」

「別にあの頃も不正を正してなどいなかった」

人間は狡猾《こうかつ》かと思うと脆《もろ》く、脆いかと思うと狡猾だ。凶悪事件のふてぶてしい容疑者があっさりと拘置所《こうちしょ》で自殺することもあれば、自殺せんばかりに反省しているように見えた容疑者が出所したとたんに凶悪犯罪を犯したりもする。

常に手持ち事件を六、七十件抱えて忙殺《ぼうさつ》され、時間は飛ぶように消えていった。

裁判官の感覚が世間とズレているのが問題視されて裁判員制度が導入されたが、それと同じようなズレは検事にも生じる。

離婚直前に妻から言われた。

『あなたにはもう、人間は批判対象にしか見えないのね。私のことも、琢のことも、冷たい目で見てる』

無感情であることを冷たいというのならば、彼女の言葉は間違っていなかった。

目まぐるしい検事の仕事において、感情は重荷であり、その重荷に振りまわされれば判断を誤る。しかし検事の仕事は、被害者加害者のみならず、その周辺のひとびとの人生にまで大きく影響するものなのだ。過ちは許されない。

検事時代の恩田は、能力を高く評価されていた。

しかしそれは重荷をどんどん捨てていった結果であり、いつの間にか妻子のことまで捨てていた。同じ屋根の下で眠り、経済的には支えていたが、恩田の世界から妻子は消えていた。息子のことを相談しようとする妻の言葉も雑音ぐらいにしか聞こえなくなっていた。

だから離婚話を切り出されたとき、恩田は話し合いをすることもなくそれを受け容《い》れた。自分が先に捨てたのだから、意見する権利はないと反射的に答えを出した。ただいつものように判断しただけだったが、妻は心底から傷ついた顔をした。

その顔を見たとき、自分がすでにまっとうな人間の感覚を失ってしまったのだと理解した。

「槇が男相手の結婚詐欺をするのって、やっぱり親父さんに捨てられたトラウマですかねぇ。施設に預けるだけ預けて、あんまり面会にも来ないで消えたとか」

同情する口ぶりで安藤が言う。

息子のことが、恩田の脳裏をよぎった。五年前に離婚してから、息子に会ったのは五回だけだった。年に一度ずつ会い、会うたびに息子は驚くほど大きくなっていた。

五回とも、息子のほうから訪ねてきた。母親と喧嘩《けんか》をして飛び出してきたらしく、一晩泊めて早朝に車で元妻のところに送り届けた。元妻は実家に戻って両親の手を借りながら息子を育てている。

「親に捨てられる子供はごまんといる。そいつらが全員、犯罪に走るわけじゃない。本人の資質が大きい」

「本人の資質ですか。耳が痛いなぁ」

安藤が小指で耳をほじる仕草をする。安藤は貧困家庭で育ち、前科はついていないもののいくつもの犯罪行為に荷担した過去がある。

「まぁ、うちの兄貴は奨学金で大学行っていまは教師やってますから、同じ親んとこに生まれても初めからいろいろと違うんだろうなぁ」

瓶ビールを空にして、安藤が立ち上がる。

「けど教師なんてやってたら、こーして恩田先生にビールを奢《おご》ってもらえなかったわけですからね。ごちそーさんです」

シンちゃんをひとしきりからかってから、安藤は店を出て行った。

日本酒を口に運びながら、恩田はふたたび桜材のテーブルの裏側に掌を這わせた。

＊

住宅街に建つ古民家風の建物から男が出てくる。恩田法律事務所の下請《したう》けをしている安藤だ。三十分ほど前に建物に入ったときはいくらか厳しい顔をしていたが、いまは鼻歌でも歌いそうな様子だ。わずかに目の縁が赤いのはアルコールを飲んだせいか。

看板を出していないものの、この建物が和食料理の店であることはすでに調査ずみだ。

槇主人は民家の塀《へい》の陰に身を隠して、立ち去る安藤の後ろ姿を見送った。

恩田はまだ店内にいるはずだ。

この半月で六回も、恩田はこの店に足を運んでいる。ほかにも行きつけの店がいくつかあるが、ほとんどが和食屋だ。自炊はしないらしい。スーパーに寄っても、食材は買わない。レジ袋から透けて見えるのはたいがい缶ビールだった。

ここから十分ほど歩いたところにある五階建てマンションの最上階が恩田の家だ。離婚前から住んでいるらしく、間取りは3LDKとひとり暮らしにしては広い。オレンジがかったレンガ壁の温かみのある外観はとても本人の趣味とは思えない。別れた妻が選んだのだろう。マンションの隣には緑豊かな公園がある。かつて恩田のひとり息子はそこで遊んでいたに違いない。

槇はこの半月、毎日のように恩田の尾行をしていた。そのぐらい集中して観察すれば、性格や好みはだいぶ見極められる。

もちろん、恩田のことが個人的に気になるから、などという理由ではない。

こういった下準備の調査は、これまでの結婚詐欺のターゲットたちにもしてきたことだった。

槇は次の標的を、恩田奏源に定めたのだ。

相手が相手だから、危ない橋ではある。なんといっても向こうはすでに槇の素性《すじょう》を知っているのだ。しかし逆にいえば、知っているからこそ恩田はその点においてだけは警戒しないだろう。まさか自分が結婚詐欺のターゲットになるとは思うまい。

手強《てごわ》いが、陥落《かんらく》させるだけの価値はある。

なによりも、恩田は槇がターゲットとして選ぶ男の条件を備えていた。

……狩らなければならない害獣を見逃すわけにはいかない。

安藤の姿が完全に見えなくなってから、槇は塀の陰から出た。

下準備は終わった。ここからが本番だ。どうやって恩田を落とすかは、時間をかけてプランを練った。

顔と身体の余分な力を抜いて、看板を出していない店へと入る。一見《いちげん》の客は滅多に来ないのだろう。甚平を着た鷲鼻《わしばな》ぎみの若者が一瞬間を置いてから「いらっしゃいませ。おひとり様ですか？」と声をかけてきた。

「待ち合わせなんだ」

そう返して店内を見まわす。カウンター席にひとり、ボックス席にひと組の客がいるが、恩田の姿は見えない。

「百九十センチぐらいある、硬そうな顔面の男が来てるはずなんだけど」

「硬そうな顔面――ああ、はい」

その表現がおかしかったのか、店員は口元を緩めて、奥まった席へと槇を連れていった。

焼き魚に箸《はし》をつけていた恩田が目を上げる。

「恩田さん、お待たせしました」

槇は当たり前のように向かいの席に座り、恩田と同じ定食と日本酒を注文した。

こんなところに急に槇が現われたのだから驚いて然《しか》るべきなのに、さすがは甲冑男だ。表情に変化はなく、黙々と魚を食べつづけている。

お通しに箸をつけながら、槇もまた無言で観察する。

恩田は意外なほど繊細《せんさい》な箸使いで、綺麗に魚を食べる。セレブな音楽一家のなかで育っただけのことはある。

定食が運ばれてくる。「いただきます」と手を合わせてから槇も魚を頬張った。甘みのある身が、まろやかな塩で引き立てられている。

「うま…っ」

思わず呟《つぶや》くと、恩田と視線が合った。彼に尋ねる。

「この魚、なに？」

「──山女魚《やまめ》だ」

「へえ。山女魚ってこんなのなんだ。初めて食べた」

本当に美味《おい》しくて、槙は舌鼓《したつづみ》を打ちながら食事を愉しむ。魚だけでなく煮物も汁物も漬《つ》け物もひとつひとつが味わい深い。

こうしているとまるで、食事をともにするのが自然な仲みたいな雰囲気だ。

思えば、ふたりで食事をするのは初めてではなかった。事務所に四十六時間監禁されたとき、四回、コンビニのおにぎりやサンドイッチを向かい合って食べたのだ。でもあれは食事というよりは、耐久レース中の給油のようなものだった。

食後の酒を飲み終えた恩田が立ち上がる。

「どうしてお前がここにいる」

質問というより、独《ひと》り言に近いような言い方だ。

「あんたのあとを尾《つ》けたから」

ストレートに答える。

恩田はまるで聞こえなかったみたいに、会計をすませて店を出て行った。

槙は料理を堪能《たんのう》し、すべて平らげて「ご馳走様《ちそうさま》でした」と箸を置く。冷酒を追加注文してくつろぐ。

プランどおりに「再会」を完了した。上出来だ。

しかし、ごく自然な雰囲気を醸《かも》し出すのは、たとえば本屋で同じ本に手を伸ばすというようなわかりやすい演出より難度が高い。

相手の心を短期間で摑むには、いつもは起こらない非日常を用意するに限る。人間はそれを運命だと思いたがる。運命という目くらましをかけておけば、ちょっとした粗《あら》は目立たない。

だが、その手が恩田に通用しないのはわかりきっていた。彼は決して、偶然の演出を運命と見誤ったりはしない。

だから、どうしてここにいるのかと訊かれたとき、初めから作為的な再会であることを教えた。

こんなふうにただ食事をともにする時間を持つことにしたのは、イレギュラーな事態を作り出すためだった。尾行している期間、恩田は常にひとりで食事をしていた。昼食ですら、事務所の人間とともにしない。あの様子だと妻子と住んでいたころも同じ食卓を囲むことは滅多になかったのではないか。

食事中の恩田の前に現われるのは安藤だけだ。

恩田が半グレ上がりの安藤を近くに置いているというのは、着目すべき点だった。元検事だから犯罪者を毛嫌いしそうなものなのに、意外とそこに拘《こだわ》りはないらしい。

要するに、槇の詐欺についても、そこまで拘らないということだ。現に今日も目くじらを立てて追い払おうとはしなかった。

気分よく食事を終えてから、十分歩いてレンガ壁のマンションへと足を運ぶ。隣接する躑躅《つつじ》で囲まれた公園のブランコに腰掛けて首を左後ろにひねり、木々のあいだから覗く五階の角部屋の明かりを眺める。

振幅に揺らぐ視界のなか、ふいに角部屋の窓が開いた。ベランダに男が出てくる。風呂を使ったあとらしい。男の濡れた黒髪はオールバックで頭に張りつき、上半身は裸だった。スーツ越しにもその逞《たくま》しさは明らかだったが、こうして見ると肩や胸部の厚みが凄い。ジムに通っている様子はないから、自宅にトレーニング器具でも置いているのだろう。

ベランダの白い唐草《からくさ》模様のフェンスにはまったく不似合いな、強い雄《おす》の匂いのする肉体だった。

大きな手が口元に流れたかと思うと、煙が生まれた。

──煙草《たばこ》、吸うのか。

新発見だ。

あの男の唇や舌は、少し苦いのだろう。

「……」

ヘビースモーカーだった男のことを、槇は思い出す。気の小さい男で、イライラすると煙草を吸っていた。

恩田ももしかするとイラついているのかもしれない。

黒い木の葉が、ふいの夜風に大きく揺れた。葉がぶつかりあって、雨にも似た音をたてる。それらが静まり返ったとき、すでにベランダに男の姿はなかった。

槇は大きくブランコを揺らす。嗤いが漏れそうになる。

これまでのターゲット同様に恩田のことが、虫酸が走るほど嫌いだ。そんな相手を陥落させて踏み躙るときの快楽は、なにものにも代えがたい。

「どうしてお前が横にいる」

並んでカウンター席に座っている恩田が、質問だかひとり言だかわからないような声音で言う。

今日の外食先は、西新宿にあるレストランバーだ。バーテンダーの背後には夜景が広がっている。店内に流れるジャズは、生演奏かと思うほど音質はいいが、会話の邪魔になるボリュームだった。そのせいだろう。会話を愉しむような客層ではなく、男も女もひとり客が目立つ。

こうして夕食をともにするのは五回目だ。初回こそわずかなりとも言葉を交わしたが、二回目から四回目まで恩田はひと言も発しなかった。彼は黙々とマイペースで食事をし、槇はたまにひとり言の感想を口にしながら当たり前みたいに一緒にすごす。会話が成立しなくとも、回数を重ねるごとに、視線が合う回数は着実に増えていった。

目が合うたびに、槇は目を細める。

これまでの経験上、相手が無意識のうちに目を細め返すようになれば脈ありなのだが、鉄仮面男の表情筋は容易《たやす》くは動かない。

果たして、恩田はこれまでの人生で、思いっきり泣いたり笑ったりしたことがあるのだろうか？生まれ落ちた瞬間から、凄みのある無表情だったように思えてならない。

さすがに恩田はそう簡単にカモにできる男ではなく、攻略に難儀していた。

いつもは同時並行で三人四人をターゲットにしている槇だが、いまは恩田のほかはひとりだけだ。そちらは簡単な仕事だから、ほとんどの意識と労力を恩田にそそいでいる。その甲斐《かい》あって、三日前にいいカードが飛びこんできた。

それにしても、今日の恩田は酒のピッチが速い。

引きずられるように、幾何学《きかがく》模様のモザイクが埋《う》めこまれたカウンターに肘をついた槇はロングアイランド・アイスティーを喉に流しこむ。名前のとおりアイスティーっぽい味が口に広がるのだが、実はこのカクテルは紅茶を一滴も使っていない。見た目と風味をそれらしく整えただけの偽物で、しかもかなり度数が強いときている。

このロングカクテルが、槇は好きだ。

「あんたについてくと、いい店に行ける。ここも気に入った」

ちょうどサックスの音が重なったから、恩田に聞こえたかは不明だった。

間が空いてから、恩田が口を開いた。

「引っ越したそうだな」

大きすぎるBGMのなかでも恩田の声は不思議と聞き取りやすい。入り交じる音の底を縫って響くのだ。

「へぇ。気にしてくれてたんだ？」

「安藤から報告を受けただけだ」

「あそこ気に入ってたんだけど、ほら向こうに住所がバレちゃっただろ。手紙とか待ち伏せとかしつこいから、引っ越した」

今日初めて、恩田がじかに視線を向けてきた。

「木村浩二、か？」

「そう、木村。ヨリを戻したいんだって」

「――」

口角を下げる恩田の表情にアテレコしてやる。

「『色恋の案件なんぞ反吐が出る』」

今度は口角がわずかに上がった。それだけのことなのに、槙の視線は吸いつけられる。初めて見る笑いを含んだ表情だ。距離は変わらないのに顔を近づけられたかのような錯覚を覚えて、槙は目を伏せた。

伏せた視線の先に、恩田の腕があった。スーツとワイシャツの袖《そで》から、腕時計を巻いたがっしりした手首が覗いている。その手首には太い静脈が走り、腱《けん》が縦に強く浮かんでいた。まるで掌で強くなにかを圧《お》しているかのようだ。

その様子には、見覚えがあった。

――……カウンターの裏を、圧してる？

黒いガラス越しに見た恩田の手を思い出す……思い出させられる。じかには触れられていないけれども、この手に会陰部を撫でまわされ、後孔の窄まりを小刻みに引っ搔かれたのだ。

手首が蠢く。カウンターが下からきつく撫でられていく。槙は思わずスツールにつけた臀部を硬くした。

これは挑発なのか。それとも無意識の手癖なのか。

顔を上げると、西新宿の夜景と二重写しに、並んで座る自分たちの姿があった。

恩田の視線は槙へとそそがれていた。

反応を観察されているようにも、酔いのままに眺められているようにも見える。

紅茶の味のするアルコールで口のなかを潤《うるお》しながら、槇は次の一手を考える。

これまでの男たち相手ならば、ここでロマンチックな言葉をひとつふたつ吐けば決定打になった。キスのひとつもしないまま、目的の高級品を貢がせることもできる。

だが、同じ手が恩田に通用するはずもない。

妙に口のなかが乾《かわ》くのは緊張しているせいだ。焦《あせ》りを覚える。いつもは決して手放さない主導権を、恩田に握られかけていた。まずはそれを取り返さなければならない。

三日前に手に入れたカードを使うのは、どうだろうか。

あれは日曜日の夕方だった。子供を遊ばせていた家族連れも去り、レンガ壁の瀟洒《しょうしゃ》なマンションの横に広がる公園は閑散《かんさん》としていた。

槇は恩田の動向を探るために、その日は朝から張り込みをしていた。結局、恩田は一度も外出せず、無駄足を踏んだと腹立たしく思いながらブランコを揺らしていたのだが。

そこに白いパーカーにジーンズという格好の少年が通りかかった。

身長は百五十五センチぐらいで、小学生か中学生か微妙な外見だ。短髪でなかなか凜々《りり》しい顔立ちをしている。少年はブランコの左横で立ち止まると、顎《あご》を高く上げた。

槇はブランコを漕《こ》ぐのをやめて、少年の視線の先を見た。

それから改めて少年を見る。どこか見覚えのある横顔だ。

――鼻のラインが、似てるのか。

恩田と似たかたちの鼻を持つ少年が、恩田の部屋の明かりをじっと見ている。

恩田の息子は確か、十二歳だ。

――へぇ。そういうことか。

無駄足どころか、とんだ一発逆転だった。

少年はしばらくマンションの五階を見上げていたが、唇を震わせて溜《た》め息をつくと、視線を下げた。項垂《うなだ》れて、ぼんやりと公園を囲む躑躅の垣根を見やる。紫がかったピンク色の花が夕暮れのなかに沈もうとしていた。

少年の心のうちが、槇には手に取るようにわかった。

槇が八歳からすごした施設の庭にも躑躅が植えられていて、毎年こんな色の花を咲かせていた。

一緒に躑躅の花を見ていると、少年がふいに振り向いた。視線が合う。

どうやら父親のことで頭がいっぱいで槇のことは視界に入っていなかったらしく、少年はびっくりしたように瞬きをした。

槇が小首を傾《かし》げて目を細めると、数拍置いてから少年が目をわずかに細めた。

父親とは違って、可愛げのある子だ。

さらりとした声音で尋ねた。

『どこから来たの？』

『……小石川』

『文京区の、大きい公園のある？』

少年が二回頷く。

『何年か前にあそこのしだれ桜を見に行ったことあるんだ。今年はどうだったんだろう』

『今年も、花がいっぱい垂れてた』

『へぇ。いっぱい垂れてたんだ』

槇は笑顔になって、横のブランコを指差した。

『面白い言い方するね。少し喋ろうよ』

それから小一時間、ふたりでブランコを揺らしながら話をした。

恩田の息子の琢は、胸に痞《つか》えていたものをぽつりぽつりと吐き出した。父親がすぐそこのマンションに住んでいること。五年前までは自分もそこに住んでいたこと。父親に会いたくてよくここまで来るのだけれども、父は自分のことを好きではないから、なかなか訪ねていく勇気が出なくて、たいていこの公園で引き返してしまうこと。

琢はいくつものエピソードを口にしてから、悲しそうに呟いた。

『ただ父さんといたいだけなんだけど……ずっとムッとしてて、迷惑そうなんだ』

恩田奏源の本質は、冷たい。やはり罰すべき男だ。なんとしてでも陥落させて、踏み躙ってやらなければならない。


バーテンダーが恩田の前にウィスキーをそそいだグラスを置きながら窘《たしな》める。

「今日はこのぐらいにしておいたほうがいいですよ」

さっきからチェイサーにはまったく口をつけず、ストレートで飲みつづけているのだ。

いつもの素面《しらふ》の恩田は難攻不落だが、今日なら効果的に揺さぶりをかけられるのではないか。こんな機会は、次にいつ訪れるかわからない。

まずは琢が話してくれたことをカードにして、非情を糾弾《きゅうだん》してやろう。

心のなかで舌舐めずりをしてから、槇は酒を呷《あお》ろうとする恩田へと身体を傾《かたむ》けた。斜《なな》め下から男の目を覗きこむ。

「意外だなぁ。別れた奥さんの再婚に、そんなにショックを受けるなんて」

グラスの傾きが止まり、縁を咥《くわ》えかけたままの唇が動く。

「どうして知ってる」

恩田の目の輪郭《りんかく》は歪んでいた。

やはり今日の深酒の原因はそこにあったのだ。公園で少年から聞いた話によれば、母親の再婚が決まったのは先週のことだった。この様子だと恩田には昨日か今日、その連絡が行ったのだろう。

グラスが音をたててカウンターに置かれた。

「どうして知ってる？」

もう一度、威迫《いはく》するように尋ねられて、槇は口角を上げた。気分がいい。

これならば、恩田が知らないであろう息子に関するさまざまなエピソードも、かなりの痛手になるに違いない。自分がいかに屑《くず》な父親であるかを思い知ればいい。

「再婚のことは、教えてもらった」

「誰にだ」

槇は自分の眉間《みけん》に人差し指を置いた。そのまま鼻先へと滑らせる。

「鼻のかたち、そっくりなんだな」

男の眉がビリッと跳ねた。眉間と鼻の頭に深い縦皺が刻みこまれていく。

予想以上の反応に、槇の背筋《せすじ》は寒くなる。同時に、強烈な愉悦《ゆえつ》を覚える。

——こんな表情をするのか。

恩田の顔からは鉄の仮面がボロボロと崩れ落ち、素肌が覗いていた。槇の爪でも引っ掻き傷をつけられそうな、血肉の通った人間の肌だ。

さて、どんなふうに傷つけていこうか。

興奮しながら考えていると、右手首に激痛が走った。甲に筋を浮かべた手に、手首を摑まれていた。

恩田が立ち上がって歩きだす。槇はそれに引きずられた。

フロアの奥の、ふたつあるトイレの片方に連れこまれた。鍵が掛けられる。槇は手首を外側に回して男の手を外した。たった一分ほどのあいだに、手首には赤い痣《あざ》ができていた。

「痛い……だろ」

文句の声が途中から小さくなったのは、恩田が正面から身体を寄せてきたからだった。思わずあと退《ずさ》ると、背中が壁に当たった。マーブル模様の青い壁に、恩田が拳《こぶし》を叩きつける。

「琢に会ったんだな」

息子の名前を口にする。いまは母方の名字で、松宮琢《まつみやたく》。母親が再婚するから、また違う名字になる。

至近距離から憎々《にくにく》しげな目で見下ろされる。

「お前みたいな奴が、琢に触るな」

「——」

汚いと言われたのだとわかった。

男を誑しこむ犯罪者に、大切な息子を汚《よご》されたくない。

親として、ごく普通の考えだろう。そうわかっていても、喉を絞《し》め上げられているみたいな苦しさを覚える。

槙は眉と鼻の頭に、恩田が刻んでいるのと同じ皺を寄せた。

「何様だよ、あんたは」

「琢になにを吹きこんだ？　あいつになにをした？」

大きな男の身体と壁とに、圧《お》し潰《つぶ》されそうになる。こめかみにアルコール交じりの強い呼吸をかけられる。

――……息子に、こんなに本気になれるのか。

胸に灼《や》けるような熱を覚える。とても嫌な熱だ。

槙は拳を握《にぎ》り、男の肩を殴《なぐ》りつけた。

「逆ギレすんなよ！　息子を捨てたのはあんただろっ」

力いっぱい殴ったのに、まるで鉄の壁みたいに恩田は身じろぎもしない。

男の顔がふたたび硬い装甲《そうこう》に覆《おお》われていく。目が暗く光る。

「琢が、捨てたと言ったのか」

「……」

「言ったのか？」

ブランコを揺らしながら少年は確かにそう言った。だから、槙はぞんざいに頷いた。

視線を段違いに逸《そ》らしたまま、ふたりとも沈黙する。

青いサニタリールームのなかにも、ボリュームの大きすぎるジャズが届いていた。硬いタイル壁に反響して、音が次から次へと入り交じる……音酔いしそうだ。実際、槇もいつになく酒を飲んでしまっていたせいもあって、頭の芯がくらりとする。

壁に背中をついたまま身体が横に傾《かし》ぐと、男の腕が両脇の下を通って壁に手をついた。支えられているのか拘束されているのかわからない姿勢になる。

「二度と琢に会うな。いいな」

槇は鼻で嗤う。

「年下の趣味はないって」

「お前は信用できない」

「……」

これ以上、男を逆上させるのは得策でないとわかっているのに、傷つけてやりたくて仕方ない。自制できなかった。

「息子を捨てたのは、あんただ。それなのに、いまさらよくもまぁ父親面して、俺に八つ当たりできるよなぁ。息子がどんな気持ちですごしてきたのか考えたことが――」

「その口で琢のことを語るな」

ノイズの入ったような重低音で蔑《さげす》まれる。

「男を誑しこむしか能のない奴が」

「っ」

脇の下を腕できつく締めつけられる。大きな体躯《たいく》が覆い被さってくる。息苦しさに睨《ね》め上げようとすると、後頭部がゴッと強く壁にぶつかった。痛みに頭が痺れる。その痛みのなか、アルコールで感覚が曖昧《あいまい》になっている唇《くちびる》に、重さを感じた。

重さの次に、熱さを感じる。乾いた熱のあとに湿り気が訪れる。

「ン…ッ」

緩んだ唇の狭間《はざま》に、熱い肉を荒々しく挿《い》れられた。口のなかにアルコールの風味とわずかな苦みが広がる。煙草の苦みだ。

――あ…。

槇は目を見開く。焦点の合わない距離に、黒い眸《ひとみ》があった。

舌に舌が擦れる。絡まる。

粘膜のような脆い器官など持ち合わせていないように思えるのに、恩田の舌は嘘みたいになまなましかった。

男の舌を吐き出そうと口腔を蠢かせると、恩田が喉を鳴らす。うまい酒を飲んでいるときの鳴らし方に似ていた。いっそう、舌の動きがねっとりと濃密になる。

槇はきつく目を眇《すが》めた。

こんな気分の悪い男に主導権を奪われていいようにされるなど、決してあってはならない。

舌を嬲《なぶ》られながら、槇は両手を男の後頭部へと這わせた。強《こわ》い感触の髪のなかへと、指を沈める。そうして男の頭を引き寄せて、みずから口を大きく開いた。唇が隙間なく嚙み合う。

舌を喉奥へと啜《すす》りこむと、恩田が身体を離そうとした。それを許さずに、緩急をつけて吸引しつづける。唇の輪で、憤《いきどお》りに強張っている舌をしごく。舌で舌の裏を包みこむ。

「う…」

苦しげに恩田が喉を鳴らした。

指先で触れている男の地肌が、熱くなっていく。

男の舌が抵抗を失って蕩《とろ》けだす。そこからはもう、槇の独壇場《どくだんじょう》だった。

思うさま弄んでやると、恩田がたたらを踏むように靴の踵《かかと》を鳴らした。足腰に響いているのだ。

——なんだ……簡単だな。

むしろ、拍子抜けだ。

主導権を奪い返した満足感を覚えながら、恩田の後頭部の髪を掴んで引っ張る。口のなかから大きな舌が抜けていく。

思いのほか乱れてしまった息を噛み殺して、途中からされるがままになっていた恩田に見くびった視線を向けたが。

ぐっしょりと濡れた男の唇は、口角に余裕を漂わせていた。

「なかなか、いい奉仕だった」

横柄に言い放たれて、槇はカッとなる。

これではまるで、槇のほうがサービスをさせられたかのようだ。いや、実際、そうだったのかもしれない。恩田は別に快楽に負けて従順になったのではなく、存分に舌への愛撫を味わうために槇に好きなようにさせたのではなかったか。

一転して、すっかり嫌な気分になる。

「どけよ」

乱暴に肩を押すと、恩田が逆に肩を摑んできた。身体を百八十度返されて、壁に胸をつけるかたちで立たされる。大きな手が槙のカットソーのみぞおちを押さえた。こそばゆさに腹部を引き締めると、その手がずるりと下降した。パンツのベルトを外され、次の瞬間にはもう開かれたところから手が侵入していた。ボクサーブリーフの前をまさぐられる。

「私の舌が、そんなに気持ちよかったか」

耳の後ろに吹きかけられたその言葉に、槙は自分の下肢の状態を教えられた。

アルコールでじんわりと全身の肌が麻痺《まひ》しかかっているせいで知覚できていなかったが、下着のフロントは粗相《そそう》したみたいに濡れて性器に張りついていた。そして、いま恩田の指でかたちを辿《たど》られている茎は苦しげに布を押し上げている。

「ぁ…ぁ」

亀頭の先を親指で捏《こ》ねられて、布目から先走りが染み出す。

「いつも、こんなふうに男を誑しこんでるわけか」

結婚詐欺のために、いちいちここまでしていたら身が持たない。キスすらしないこともある。ターゲットになる男は恋愛の対象ではない。侮蔑《ぶべつ》の対象なのだ。

「くだらない――どけよ」

男を振りほどこうともがくのに、酔いのせいか、ペニスをいじられているせいか、身体が思うように動かない。逆に、パンツと下着をまとめて引きずり下ろされた。カットソーの裾から臀部が剝《む》き出しになる。

「おいっ、なにして……」

後ろから、ひたりと会陰部を男の手指で包まれた。

「こんな手触りだったのか」

黒いガラス越しに触られた場所に、じかに触れられていた。恩田もまた、それを思い起こしているのだろう。感触を確かめるように、いかつい掌や指を蠢かせる。

「っ、めろ」

脚のあいだをきつく押し上げられて、槇の踵が上がる。押し上げられ、揺さぶられる。

「う…うう…」

下腹の屹立《きつりつ》が、青いひんやりした壁に擦りつけられる。

会陰部から手が離れて踵を下ろしかけると、ピシリと狭間を叩かれた。続けざまに叩かれる。

「や…」

叩かれるたびに、ジンジンする痺れが腰全体に拡がる。それはペニスの先端にまで伝わった。浅い割れ目から透明な蜜が散る。直接的ではないもどかしい刺激に追いこまれていく。

朦朧となりながら壁に縋《すが》っていると、背後の男が身じろぎをした。

「――ん、…?」

叩かれてぽってりとした脚の狭間に、手ではないものを挿《さ》しこまれる。硬いそれに押されて身体が浮き上がり――強烈な圧迫感に槇は目を見開いた。ずっと昔に経験したことのある体感に酷似している。

「やめ、ろっ、――ぁ、ぁ、あ」

爪先立ちになるほど下から押し上げられる。窄まりの襞が口を開いていく。男の性器が粘膜に触れる。

「む…う」

恩田が低く呻《うめ》きながら捻じこむ動作を繰り返す。先走りのぬめりを頼りに、括《くび》れの部分までなんとか収めて、いったん動きを止める。訝《いぶか》しむように槇に問う。

「……まさか初めてなのか」

「っ、そんな、わけ、ない」

初めてではない。過去に二度、されたことがある。

「そうだな。お前は男娼の詐欺師だったな」

浅く嵌められている部分が、いまにも裂けそうだった。痛みと憤りに乱れる呼吸を槇は抑えこむ。弱みなど死んでも見せたくない。鼻で嗤ってみせる。

「突っこむだけの強姦魔かよ」

「それだけ余裕があるなら、手加減はいらないな」

そう言ったかと思うと、恩田は槇を羽交い締めにして腰を突き上げた。しかし結合は深まらない。身体を繋《つな》げたまま壁から引き剝《は》がされて、トイレのタンクに手をつかされた。腰が曲がり、尻を突き出す姿勢になる。脚を肩幅に開かされた。

「うう…」

いくらか緩んだ内壁を突かれていく。臀部の肉を男の手で左右にきつく分けられる。蹂躙《じゅうりん》されている部位は、恩田に丸見えになっているに違いない。

粘膜が千切れそうな摩擦《まさつ》に、槇の身体はビクンビクンと跳ねる。

「弁護士先生、が、こんな、ことっ」

「男を甘く見て弄んできたのはお前だ――いまも、カモにしてる奴がいるだろう」

恩田は自分がカモにされているとは思っていないだろうから、もうひとりのことだろう。安藤にでも調べさせたのか。

「あ…ぁ、あぁ…」

臍《へそ》の奥まで、男が届いていた。しかしそれでも長すぎる恩田のものは、根元までは入っていない。

突かれるたびに強い声が漏れてしまう。しかしそれはジャズの音に入り交じり、フロアに届くことはない。扉一枚を挟んで何人もの客がいる場所で、犯されていく。

あまりにつらくて、性器は萎《な》えてしまっていた。その萎えた茎が、ブルブルと振りまわされる。その振りまわされるリズムが速くなっていく。めちゃくちゃに、茎が踊る。

恩田は射精しようとしているのだ。

槇は鋭く呼吸しながら、臀部に力を籠《こ》めて男を拒もうとする。

――あ、ぁ、嫌だっ……こんな男に……っ!!

「ぐ…ぅ」

恩田が濁《にご》った音で喉を鳴らし、槇の腰を抱えこんだ。

――あ……。

体内にどろっとしたものを幾度も放たれていく。

すべてを出しきってから、恩田は大きな手で槇の腹部の素肌を撫でた。そこに種が撒《ま》かれたこと

を再認識させてから、名残惜《なごり》しむようにゆっくりとペニスを引き抜いた。

下肢がガクガクして、槇は黒い便座へと崩れるように座った。

恩田がペーパーで性器を拭う。満足して萎えかけてすら、それはたっぷりとした体積だった。

「この程度で腰が立たないのか」

見くだす口ぶりで言われて、槇はだらしのない笑みを浮かべた。

「いっぱい、出てきてる」

「――」

自分の下腹部を押す。新たに溢れたものが、水のなかに重く滴《したた》り落ちる音がする。

「俺のなか、気持ちよかったんだな。こんなにいっぱい出して」

恩田の喉仏が大きく蠢く。そして「ただの排泄《はいせつ》行為だ」と捨て台詞《ぜりふ》を吐いて出て行った。

槇はドアの鍵を掛けてから、事後処理をした。かなり出血してしまっていた。

無理やり嵌められたのは屈辱的で、想定外の展開だったが、初めてでもなければ妊娠する身体でもない。逆に、今日一日で大きな進展が得られた。

いっときとはいえ、恩田の鉄面皮《てつめんぴ》を剝がすことができた。あの甲冑男がペニスを剝《む》き出しにして、性行為に溺れたのだ。深酔いしていたとはいえ、同性の槇に中出しまでやってのけた。

感情も劣情も、恩田奏源のなまなましくて脆い部分を暴《あば》いてやったのだと思うと、痛快だった。

笑えてくる。

――もっと、みっともない姿を晒させてやる。

暗い闘争心を掻き立てられる。いつもの、ちょろいカモでは味わえない昂揚《こうよう》感だ。

おそらく恩田は、これだけのことをすれば槇が離れていくと思っているのだろう。

――冗談じゃない。

強姦のひとつやふたつで引き下がる気など毛頭なかった。

＊

「珍《めずら》しいですね。二日酔いですか？」

給湯室で水を喉に流しこんでいると、ドリップコーヒーをセットしながら寺岡が声をかけてきた。

「ん、ああ」

昨夜のことを思い出して、恩田は口の端を歪《ゆが》めた。

酒にはかなり強い体質だ。

それがあそこまでの大失態を演じたのは、イレギュラーな要素が嚙み合ってしまったせいだった。

最大の要素は、元妻の再婚話だった。五年も前に離婚しており、家庭をないがしろにする生き方しかできない自分に非があったのは重々承知している。だから元妻に対してはなにも思うところはない。今度こそ、いい家庭を築いてくれればと思う。

しかし元妻から厳しい声音で告げられた内容に、自分でも意外なほど感情を刺激された。

『琢はもう、新しいお父さんになついてるの。琢にはあなたは必要ないのよ。だから二度と会わないで』

これまでは年に一度、息子に会っていた。息子のほうから訪ねてきて、その度《たび》にひと晩をともにすごした。なにを話すでもなく、ただ一緒に食事をした。夫婦で使っていた寝室のベッドの片方に琢を寝かせて、その寝息を聞きながら眠った。

元妻から二度と会わないでくれと言われたとき、ふいに突然、その年に一度のできごとがかけがえのないことだったとわかったのだ。

年々大きくなっていく息子を間近で見られるあの時間は、不肖《ふしょう》の父親にとっては贅沢《ぜいたく》すぎる贈り物だった。

しかしもう、あの贈り物が届けられることはない。

二度と、息子に会えない。

その痛みを誤魔化《ごまか》そうと深酒をした。

『息子を捨てたのは、あんただ。それなのに、いまさらよくもまぁ父親面して、俺に八つ当たりできるよなぁ。息子がどんな気持ちですごしてきたのか考えたことが――』

槇の言葉に逆上したのは、それが図星だったからだ。

しかし本来の恩田なら、いくら急所を突かれたからといって、性的暴行にまで及ぶことはなかっただろう。そもそも、ひとりで飲んでいてすら、あそこまで酩酊《めいてい》状態に陥《おちい》ることはない。

――あいつに、気を許したのか…？

槇は何度も恩田の食事中に現われた。そして当たり前のような顔をして、小一時間をともにする。

恩田は人と食事をする習慣を持たない。実家が多忙な音楽一家だったせいだ。

恩田家には家政婦のほかに、子供たちの世話や躾《しつけ》を専門にする乳母《うば》がいて、両親は彼女に子供たちを任せて海外遠征に飛び回っていた。妹は食卓につく間も惜しんでピアノに齧《かじ》りついていたから、食事といえば乳母にマナーを厳しくチェックされながらひとりで食べるのが常だった。

　当時、恩田もヴァイオリンを習わされてコンクールで上位入賞を果たしていたものの、頭打ちになった。幼いころから指導に当たっていた音楽教師が口を酸《す》っぱくして「情感豊かに」と強《し》いたせいもあってか、気がついたときには情感というものにアレルギー反応を起こすようになっていた。

　もともと適性がないのか、クラシック音楽で高揚感を覚えたことがなかった。高校のころからジャズを好むようになったが、クラシック至上主義の家族の拒絶反応は凄《すさ》まじいものだった。結局、音楽大学には進学せず、家族を失望させた。

　そういう家庭環境で育った恩田にとって、食事はひとりでするのが自然な行為で、落ち着けるのだ。人と食べることのほうがイレギュラーだ。

　それなのになぜか、食事の席に現われる槇のことをさほど疎《うと》ましいとは思わなかった。疎ましいと思っていない、ということすら、いまさら自覚したぐらいだ。

　初めのうちこそ違和感があったものの、いつしかごく自然に槇と食事をしていた。

　もしかすると、ひとりで食べるときよりもくつろいでいたのかもしれない。

　完全に自制心を失うほど酒に酔ったのも、槇が横にいたせいだったのではないか。

　そして指摘されたそのまま、八つ当たりをした。

　酩酊状態での暴行だったにもかかわらず、細部までありありと思い出すことができる。舌に受けた奉仕。しっとりとした肌の熱っぽさ。下着越しに触れた性器の強張り。戸惑いながらもきつく絡みついてくる粘膜。

　したたかなはずの詐欺師の粘膜は、明らかに挿入に慣れていなかった。前に催淫剤で自滅したときの大胆な乱れ方が嘘のようで——興奮した。

シンクの縁に手をつく。

男が性行為の対象になったのは初めてだったが、こうして思い出すだけで腰に強いざわめきが満ちるのだから、酒のせいばかりにはできない。

もしまた似たようなシチュエーションになったら、同じことを繰り返してしまいそうな気がする。

そうして生意気な男を服従させ、貞淑《ていしゅく》な孔《あな》を犯す。

柄にもなく妄想《もうそう》に支配されそうになって、口元を歪める。

——あいつとは、もう会うこともない。

いくら槇主人が悪質な結婚詐欺師とはいえ、恩田に強姦する権利などない。

槇のほうもさすがに二度と恩田の顔など見たくないだろう。

「いい厄介払いができた」

呟き、寺岡の問いかける視線を無視して所長室へと戻った。

その晩、恩田は隠れ家風の和食屋へと足を運んだ。いつもどおり、シンちゃんが慇懃に迎えてくれた。運ばれてきた酒と料理を黙々と胃に入れていく。槇がひょいと現われることはもうないのだ。なにか、ただ燃料補給をしているかのような殺伐《さつばつ》とした心地になる。ひとりの食事とはこういうものだっただろうか。

食後の酒を重ねても、酔いはさして回らない。

昨夜のように酔って箍《たが》が外れることのほうが、恩田にとっては異常事態だった。あんなことは二度とないだろう。

もう家に戻るかと、椅子《いす》から腰を上げかけたときだった。

ぶ厚い桜材のテーブルの向こう側に、許可もなく人が腰掛けた。恩田は怪訝な視線を相手に投げ
——上げかけた腰を椅子に落とした。

シンちゃんに注文してから、相手は長めの綺麗な鼻筋を恩田へと向けた。栗色の目が細められる。

「川魚定食、ひとつ」

机を挟んで、言葉はなく、視線だけが行き交《か》う。

定食が運ばれてきて、槇が料理に箸をつける。一品ごとに、その表情は少しずつ色合いを変えていく。フードコメンテーターの長ったらしい褒《ほ》め言葉より何倍も雄弁に、料理のうまさが伝わってくる。

ついさっき川魚定食を食べたばかりなのに、恩田はもう一度、食事をしなおしたくなった。

思えば槇は、いつも恩田と同じ料理を注文していた。

そうして同じ食べ物を口にすることで、言外のコミュニケーションが成立していたのだ。

恩田は席を立つことなく、槇の食事を最後まで見守った。

そうして箸が置かれるのを見てから席を立った。

会計をすませて外に出る。

梅雨《つゆ》入りしそうな湿り気のある夜の空気をじんわりと火照《ほて》る顔に感じて、自分がずいぶんと酔っていることに気がついた。

4

両手に大きなレジ袋を持ってスーパーを出る。食材のほかに調味料まで一式揃えたから、かなりの大荷物だ。これまでのカモのなかにもまったく自炊しない男が何人もいたから、餌付《えづ》けプロジェクトの際の買い出しポイントは心得ている。

下手をするとフライパンのひとつすら家になかったりするのだが、今回のカモは妻子が出て行ったマンションに住みつづけているから、調理器具は揃っているだろう。

歩道の左手は公園で、躑躅が仕切りとして植えられている。六月になり、躑躅の花はすっかり落ちてしまった。花を見ていた少年のことを、槇は思う。少年とはメールアドレスを交換して、頻繁《ひんぱん》に連絡を取っている。おとといの晩も、少年からメールが来た。

五年前に恩田琢だった少年は、先週までは松宮琢だった。そしていまは、岸部《きしべ》琢だ。母親が再婚したのだ。

中学に入って二ヶ月で名字が変わるのは疲《つか》れると、琢は諦《あきら》め半分に訴《うった》えていた。

離婚や再婚で名字が変われば周囲から好奇の目を向けられる。子供のストレスを軽減させるために、幼稚園から小学校、小学校から中学校、中学校から高校と、進学する節目に合わせて離婚再婚をする親は多い。あるいは、離婚しても実家に籍を戻さず、別れた夫と同じ姓で戸籍を新たに作って子供の名字を変えないようにする場合もある。

五年前の離婚のとき、琢は小学二年生でその時も学校で気まずい思いをしたのだという。でも、そのことは母親には言わなかったそうだ。

凜々しい外見のとおり、琢はしっかりした子供なのだろう。だからこそ、母親にも、疎遠《そえん》な父親にも本当の気持ちを打ち明けられずに、溜めこんでしまう。逆に、たまたま知り合った槇には、素直に愚痴ることができるようだった。

『お前みたいな奴が、琢に触るな』

その恩田の言葉は無視している。

触るなと言う資格が恩田にはないからだ。他人に触られたくないのなら、自分が息子ときちんと向き合えばいい。そうしたら琢は、名字が変わるストレスや、日々のちょっとした出来事を槇ではなく恩田に打ち明けるはずだ。

もし恩田が息子のことを気にかけているのなら、最近よくメールをする怪《あや》しい大人の男の存在にも気づくだろう。鋭い恩田のことだから、それが槇だと見破るかもしれない。

琢がいまだに頻繁にメールをしてくるのは、要するに恩田が息子と関わっていないからだ。

自分が関わりもしないくせに、息子のことで感情的になって強姦までしたのだ。

本当に、ろくでもない男だ。

――罰を受けて当然だ。

槇は深呼吸して顔の筋肉を緩めると、レンガ壁の瀟洒なマンションのエントランスに立ち、五〇一号室のインターフォンを鳴らした。

日曜日の午後五時。恩田が在宅していることは、一時間前に無言電話で確認してある。

いま、部屋のモニターには槇の顔が映し出されているはずだ。無視される可能性は高い。しかし少し間があってから、レスポンスがあった。

『なにをしに来た』

低い声には、いつもの倍のノイズが混じっている。それはインターフォンのせいなのか、恩田が不機嫌なせいなのか。

「晩飯、食べよう」

『ひとりで食べろ』

「でも、材料山ほど買ってきちゃった」

モニターに映るように、両手のレジ袋を交互に持ち上げる。

「入れてくれないなら、ここに置いてく。生魚とか入ってるから、大変なことになるだろうなぁ」

『……』

恩田はいま、槇との距離感を再チェックしているに違いない。

部屋に上げるという一線を越えていい相手かどうか。

冷静に考えれば、悪質な詐欺師を部屋に上げるのは間違っている。

しかし、槇には勝算があった。

恩田とは週に三日四日、食事をする仲だ。そして最近の恩田は、槇が食べ終わるまでは席を立たない。会話らしいまとまったやり取りはしないものの、毎回、二言三言は言葉を交わすようになった。

出会い方や恩田の性質から考えれば、それは驚くべき友好的態度だった。

エントランスドアがカチッと鳴って、オートロックが解除される。

それは恩田の心の頑丈《がんじょう》なロックがひとつ外れた音のようでもあり、槇はドアを抜けながらほくそ笑《え》んだ。

しかしさすがに、相手が相手だ。歓待はしてもらえなかった。

五〇一号室のドアが開くや否や、両手のレジ袋を奪われ、槇は通路に閉め出されそうになった。慌ててドアの隙間に靴先を突っこみ、なんとかドアをこじ開けた。

玄関に入って肩で息をしながら靴を脱ぐ槇に、恩田がクレームをつける。

「無言電話をするな」

オフの恩田は、黒いVネックセーターに黒いスラックスという格好だった。

「あれ、バレてたんだ」

悪びれずに認めて、レジ袋ふたつを持って廊下を奥へと進む。

リビングダイニングは、いかにもファミリータイプらしい立派なオープンキッチンのある広々とした造りだった。

南西の角部屋で、西側の窓いっぱいに、公園の木々が見える。南側のベランダに面した窓からは公園と低層の住宅街が見える。広い空では、暖色と夕闇がマーブル模様を描いている。

ソファは優しいベージュ色で、大きめのダイニングテーブルは中央に淡い色合いのタイルを嵌めこんだ可愛らしいデザインだ。別れた妻の趣味なのだろう。カーテンだけは恩田がつけ替えたに違いない。暗幕のような黒だった。

キッチンには案の定、調理器具が揃っていた。器具はドイツ製で揃えてあり、フィスラーの圧力鍋まであった。調味料もあるにはあるが使えそうなのは醤油《しょうゆ》と塩ぐらいで、ほかのものは賞味期限がとうに切れていた。

槇は料理を始める前に埃を被っている器具を洗い、持参した研《と》ぎ石で包丁を研いだ。

「本気で料理をする気か?」

オープンキッチンの手前に置かれたダイニングテーブルの天板に腰を預けて、恩田が呆《あき》れたように確認する。

「だいじょうぶ。今日は変なものは入れないから」

「信用できん」

「それならそこで見張ってればいいだろ」

冗談のつもりで言ったのに、恩田は本当に見張りつづけた。

料理をする一挙手一投足を、モニターカメラみたいな目で監視される。調理台の位置のせいで恩田と向かい合うかたちで、手元まで覗きこまれた。

手際よく太刀魚《たちうお》を捌くと、恩田がちょっと感心した顔をする。何十回も食事をともにしたお陰で、男の硬い表情筋のわずかな動きから、感情のさざ波を読み取れるようになっていた。

ときどき恩田と視線を重ねながら料理を進めていく。

なにか、妙な感じだった。

いつもここでこんなふうに、恩田のために食事の支度をしているかのような錯覚に陥《おちい》りそうになる。

料理を仕上げつつ、食器棚のガラス扉を開いて皿を選ぶ。洋食器から和食器まで、上等なものが揃っている。ご飯茶碗は夫婦《めおと》茶碗に子供用がひとつ。それとは別に来客用の五個セットもあった。

選んだ皿をキッチンスペースに運んで、料理を盛りつけていく。

ずっと眺めているだけだった恩田が、立ち上がってひょいと長い腕を伸ばしてきた。盛りつけ終わった皿をダイニングテーブルへと移す。

「……」

その何気ない仕草に、槇は目を引かれた。

外では決して見せることのない、やわらかな動きだったのだ。

恩田が振り返り、煮物の碗を手に取る。

「これもいいか？」

「う、ん。ああ」

槇の料理はすべて恩田の手でテーブルへと運ばれた。

恩田はいつものように先に食べはじめたりはせず、椅子に座って待っている。

手を洗ってダイニングテーブルの横に来た槇は、思わず動きを止めた。向かい合う席にセッティングされた食器。そこに追加で置かれた茶碗は夫婦用のものだった。昔の習慣から無意識に選んだのだろう。

なにか複雑な感情が動いた。

「どうした？」

「いや、ご飯盛らないと」

茶碗にふっくらと炊《た》けた米をよそってから、槇は椅子に座った。

美濃焼《みのやき》の皿に載った太刀魚の塩焼きは、レモンをかけるとちょうどいい案配《あんばい》の塩加減にしてある。

恩田は柑橘系《かんきつけい》が好きなのだ。煮物は薄口醤油で味つけして、野菜の発色が際立つようにした。それと、香菜たっぷりの肉団子《にくだんご》にキンピラ、ほうれん草のお浸し。酒に合うようにマグロとアボカドの生春巻きも作った。

恩田もよくわかっていて、日本酒を出してくれていた。ふたつのグラスについで、ひとつを槇の前に置く。そして恩田は箸を手にしながら「いただきます」とぼそりと言った。

槇は目をしばたたいた。外で食事をするとき、恩田はなにも言わずに黙々と食べる。外と家でいろいろと違うのは当たり前なのだが、恩田奏源が妙に人がましく感じられた。

料理に対する感想を口にはしなかったが、どう感じているかは、一緒に食事を重ねてきたから手に取るようにわかった。

生春巻きは特に気に入ったらしく、食べながら頬がわずかに緩む。

わざとらしいリアクションや褒め言葉にはパフォーマンスしか感じないが、こういう素の反応には真実味があるように感じられた。

満足感を覚えそうになって、槇は慌てて踏み止《とど》まる。

自分は別に、恩田と楽しく食事をするために来たわけではない。いつものようにターゲットの胃袋を掴んで、籠絡《ろうらく》するのだ。

——ここまでは順調だ。

こんなありがちな手が通用するなど、恩田も存外、容易い男だ。

槇は気分よく食事と酒を味わう。

気がつくと、恩田のご飯茶碗が空になっていた。それに手を伸ばしながら尋ねる。

「おかわり、いる？」

恩田の頷きを確かめて立ち上がり、新たに米をよそった。ダイニングテーブルに戻って茶碗を元の位置に戻そうとすると、恩田が受け取ろうと手を伸ばしてきた。

互いの指先がぶつかる。

静電気が指先から肘へ、肘から肩へと流れて、槇は思わず手を引いた。渡し損なった茶碗を恩田がキャッチする。

怪訝な視線を向けられて、槇は首筋を押さえながら席に座った。掌の下で肌が痺れていた。キスをしているときに感じる痺れに似ていた。

「ちょっと酔ったのかな」

言い訳する舌の根も乾かないうちに、日本酒を口に含む。

――……どういうことだ？

たとえば本屋で同じ本を取ろうとして指先が触れるように、いまのは本来、槇のほうから仕掛けるベタなアプローチの仕方だった。この程度の接触で電流が走ったみたいな反応をする男たちの簡単さを嘲笑《あざわら》ってきた。

それなのに、首筋の痺れが消えない。もしかすると本当に酒を飲みすぎたのかもしれない。

恩田が食事を終えて、酒を繰り返し口に運ぶ。

今日はやけに視線が合う。

相手の目をひたすら覗きこむというのも槇の戦術のひとつなのだが、恩田の目は瞬きが少なくて、しかも揺らがない。結局、槇のほうが先に目を伏せてしまった。視界には完食後の食器が並んでいる。

恩田は本当に食べ方が綺麗だ。

「あと片付けする」

槇は立ち上がり、皿を重ねてオープンキッチンのシンクへと移した。残りの食器を取るためにダイニングテーブルのほうに腰を捻じったら、恩田がすぐ横に立っていた。

驚いて顎を上げると、唇が重なった。

一瞬にして首筋に強烈な電流が走って、槇はあと退った。

腰がキッチン台に強くぶつかる。痛いはずなのに、甘い痺れが拡がっていく。恩田の口が開き、大きな舌が貪欲な動きで槇の口内に入りこもうとする。

「っ」

首筋と腰の痺れに耐えかねて、槇は思いきり上体をひねり、顔をそむけた。濡れた唇を手の甲できつく拭う。唇も、痺れていた。

今日の自分はなにかおかしい。

「なんだよ、急にっ」

焦りのままに声を荒らげると、叩くように頰を摑まれた。黒い眸に睨みつけられる。

「また、入れたな」

「……入れたって、なにをだよ」

「とぼけるな。薬だ」

「は?」

言葉で説明するのをやめて、恩田が身体を重ねてきた。鋼《はがね》のような肉体を布越しに感じる。その肉体のなかでも、臍のあたりに当たっている部位がことさらに硬くなっていた。硬くて、熱い。

「――なに、さかってんだよっ」

「お前が薬を入れたせいだ」

誓って、催淫剤など入れていない。しかし恩田はなぜか性的に興奮していて、それを薬のせいだと思いこんでいる様子だ。

恩田が腰を蠢かす。ペニスを擦りつけられている腹部がゾクゾクする。

「本当にお前は性質《たち》の悪い詐欺師だ」

ノイズで掠《かす》れる低音が、耳元で響く。そのざらつく声に、身体がビクつく。

こめかみに、乾いた弾力を感じる。それは頰を伝って、ふたたび槙の口を塞《ふさ》ごうとした。

翻弄《ほんろう》される予感がした。

性質が悪いのは恩田のほうだ。息子に対する姿勢を見ていればわかる。こんな身勝手な男にいいようにされるなど、まっぴらだ。

男を押し退《の》けようとするが、逆に項を摑まれた。槙の項に指を食いこませたまま、恩田がダイニングチェアに腰を下ろす。槙は床に両膝をつくかたちで座らされた。

目の前で、スラックスの前が開かれていく。フロントが破けそうな下着の合わせから、性器が引き出された。巨大で黒みの強いそれは、オイルまみれの金属製の淫具のようにも見えた。

「鎮《しず》めろ」

押し殺した声で命じられた。

項を押されるままに、顔が前にスライドする。唇の端に亀頭がぐちゅりと当たった。そのまま唇の狭間を左から右へとなぞられる。唇を亀頭で叩かれる。

槇の唇が先走りまみれになって、わずかに開く。そのまま押し入ってこようとする男を、舌先できつく押し返した。

イマラチオを強要されるぐらいなら、自分から口淫をほどこしたほうがいい。

それに、口で男を弄ぶのは嫌いではない。これまでも、決定打としてフェラチオをもちいたことは何度もあった。男たちが自分に弱みを明け渡して、泣くみたいな声と顔でよがるのだから、笑える。そうして完全に陥落した男たちに金目のものを貢がせて、気持ちを踏み躙る。

その時の爽快《そうかい》感を思ってうっとりとなりながら、槇は舌を口から溢れさせた。舌先で亀頭の窪《くぼ》みを塞ぐ。塞いだまま舌を蠢かす。先端に微細な刺激を与えながら、両手で幹を摑んだ。ぼっこりした怒張の筋が絡みつくものを手指で揉《も》みこんでいく。親指で裏のラインを小刻みに擦る。張り詰めたそれは鉄製品のように硬いのに、なまなましい熱を帯びてドクドクと脈打ち、くねる。

「う…」

先端をふわっと唇で包んで吸い上げると、恩田が小さく呻いた。もっと呻かせたくて、亀頭を唇の輪でぬるぬると隠したり弾き出したりする。それを何回か繰り返すと、先端から透明な蜜がピュッピュッと分泌《ぶんぴつ》された。

いやらしいぬるつきに覆われた舌で、張り詰めた幹の表面を余すところなく舐《な》める。レストランバーのトイレで犯されたときも思ったが、恩田はカウパー液の分泌が激しい体質らしい。舐めれば舐めるほど溢れてくるから、いまや槇の手指も唇も顎も透明な蜜でぐしょ濡れになってしまっていた。

頭の芯がじんわりと痺れるのを感じながら、口を大きく開ける。

歯が当たらないように気をつけながら、硬い性器を収めていく。唇の輪が拡がり、口角が伸びきる。

半分ほど含んで上目遣いに男を見る。

「く…む、ン…ん――ん」

恩田は伏せた目で槇の顔を凝視していた。眉間には深く縦皺が寄り、厚みのある唇はわずかに捲《まく》れている……普段の恩田からは想像もつかない猥《みだ》りがましい顔つきだった。

喉奥をきつく締めて亀頭を圧迫すると、しっかりした男の顎がわずかに上がる。声こそ出ていないが、唇が明確に「あ」のかたちを作った。

黒いセーターの腹部が締まったまま喘《あえ》ぐ。

槇は頭を前後に振り、喉奥に届くたびに亀頭を締め上げた。恩田の長い脚が足踏みをするように力を籠める。もうそろそろだ。最後の仕上げに、男を喉まで含んで、そのまま呑みこむみたいに激しく啜った。

「あ、…ぁ、ああ、ぁ」

吸引のリズムに合わせて、恩田が声を漏らした。抑えてはいるが、露骨な快楽の喘ぎだった。

――ほかの男と変わらない。

恩田奏源を貶《おとし》めている感覚に、槇は酔い痴《し》れる。いつもより淫らに粘膜を使って男を追いこむ。

そのまま精液を吸い取ってやろうとしていると、ふいに頭を両手で挟まれた。

「う…っ、ぃ、や」

抗おうとするが、頭を激しく前後に揺らされる。唇が摩擦熱でヒリヒリする。ラストスパートの主導権を奪った恩田は、さんざん槙の口を蹂躙してから、ペニスを引き抜いた。

目の前で、男の器官が苦しげにくねったかと思うと、真っ白い体液をビュルビュルと噴いた。槙の顔にそれがかかっていく。咄嗟に目をきつく閉じる。顔中をねっとりとした粘液が伝っていく。

「私の顔にもかけただろう。仕返しだ」

睫《まつげ》にも粘液が絡みつく。目を開けられない槙の口元に性器が当てられる。

「綺麗にしろ」

「――……ん、…んっ」

舌で掃除《そうじ》をしていくうちに、陰茎がまた盛り返してくる。口のなかにずぶりと入られ、大きく一回掻きまわされた。唇を捲りながら抜かれる。

槙の両手首は、ひとまとめに男の手に摑まれた。恩田が立ち上がるから、槙も引っ張られて膝を浮かせた。

まるで手錠を嵌められた囚人みたいに、引かれるままに歩かされる。精液まみれの顔を拭えないから、両目を閉じたまま、覚束《おぼつか》ない足取りで進む。

いったいどこに向かっているのか。ドアが開く音がした。

そこから何歩か歩かされたかと思うと、恩田が腕を大きく振った。手首を摑まれている槙の身体は弧を描きながら斜めに倒れた。床に打ちつけられる痛みを想像して身を固くすると、しかし身体がやわらかみのあるものにぶつかって弾んだ。そこに仰向《あおむ》けになる。

顔をティッシュペーパーで拭われて、ようやく目を開けられた。

八畳ほどの部屋だ。セミダブルのベッドがふたつ、ナイトテーブルを挟んで置かれている。そのうちの窓際のものに、槇は横になっていた。

天井の明かりは点《つ》けられておらず、廊下から漏れるオレンジ色の光と、窓からの月明かりとが弱い光源だ。

ここは、夫婦の寝室だったのだ。

嫌な気持ちが胸で蕩けた。当たり前のように出された夫婦茶碗が思い出されていた。

なにかまるで、妻の代わりにされているかのような――。

ベッドのうえに片膝だけ載せた恩田が、みずからのセーターの裾《すそ》をぐしゃりと摑んでたくし上げていく。割れた腹部や、盛り上がった胸部が露《あら》わになる。そのまま頭まで抜いて半裸を晒す。

スラックスのベルトが外され、下着ごと下ろされる。ついさっきしまわれたばかりの性器が、ふたたび露わになる。それは激しく角度を持っていた。

槇は目眩を覚えながら、男の甲冑じみた裸体に視線を這わせる。

「お前はよく、こんな手を使うんだろう」

「……え？」

「カモを手料理で誑しこんで、薬を盛って、抱かせる」

「――」

やはり恩田は、そう簡単な男ではなかった。

自分がターゲットにされていると気づいていたのだ。

しかし、薬とセックスについての考察は間違っている。いわゆるノンケのカモに勘違いをさせるために、催淫剤を少量使うことはあったが、せいぜい相互フェラ止まりだった。男に――しかもカモになど挿入されたくない。

それなのに、恩田には抱かれてしまった。

いまもまた、抱く気でいるのだ。全裸になった恩田が覆い被さってくる。

咄嗟に抗おうとしたが、槙はすぐに身体の力を緩めた。

ぶ厚い肉体が降ってきて、息が詰まる。首筋に男の唇が這いまわる。シャツのボタンを裾のほうから外されていく。みぞおちのあたりまで外して、そこから手がもぐりこむ。胸をまさぐられた。

「……」

槙は奥歯を噛んで、眉を歪めた。

自宅の寝室での行為のせいなのか、恩田はまるで馴染《なじ》んだ相手としているかのように愛撫を進行する。決まった手順でおこなわれているらしい作業が、かえってなまなましい。

右の乳首に大きな親指が載る。緩急をつけて指の腹で粒を執拗《しつよう》にいじくりまわされる。

「…は、……ぁ」

槙の歯は薄く開き、声が漏れた。

「こんなに小さくても感じるのか」

揶揄《やゆ》するように耳元で囁かれる。そのまま耳のなかに舌が入ってきた。

乳首を上方向にきつく押し潰された瞬間、槙は先走りが溢れるのを明確に感じた。そしていまさらに、自分の下着がぐしょ濡れになっていることに気づく。フェラチオのときから、漏れつづけていたらしい。布の下で勃起《ぼっき》したものが苦しげに蠢く。

尖った乳頭に爪が甘く食いこむ。

「あぁぁ」

自分でも驚くような声が出た。

男が全身を震わせて嗤い、右肘を立てて身体を浮かせた。顔を覗きこまれ、キスをされた。宥《なだ》めるような短いキスだった。

……この男は、果たしてどういう人間なのか。

わかった気になっていた恩田奏源という人間が、よくわからなくなってくる。ぼんやりしているうちに、胸から移動した手でパンツのベルトを外され、前を開けられた。

「――びしょびしょだ」

下着のカップ部分を掌で包みながら、恩田がひとり言のように呟く。そのまま掌で捏ねる動きをする。まどろこしい愛撫に耐えられなくなって、槙は自身の手で下着を下ろした。性器がビンッと弾み出る。

一方的に弄ばれるのは耐えられない。

槙はむんずと相手の器官を握り、ぐいと引っ張った。自分の茎と重ね合わせて、ひとまとめに握る。これは男同士の行為なのだと改めて教えてやると、恩田のものがググッと膨らんだ。

恩田が苦笑いをする。

「お前の薬は効きすぎだ」

槙の手から性器を引き抜くと、恩田は槙の下肢の衣類を脚から抜いた。たくし上げられたシャツ一枚の格好にさせられる。わずかに膝を立てている脚の奥へと男の手が伸びる。

会陰部を包まれて揺さぶられた。中指が窄まりに触れた瞬間、槇は全身に鳥肌が立つのを感じた。いてもたってもいられない、こそばゆいような耐えがたい感覚だ。ずり上がって、両手で男の手首を摑んだ。

「そこは、いらない」

「ヒクヒクしてるな」

「っ」

ヒクつく蕾《つぼみ》に、指先を挿れられた。

それだけで腿が強張って、腰が浮く。しかし、恩田は浅く指を食わせただけで、それ以上のことはしない。

「は…ふ…っ、ぁ」

指を抜こうとするのに、それは許されなかった。内壁が収斂する。槇の腰は強張り、蠢く。気がついたときには腰の動きが止まらなくなっていた。男の太くて長い指を使って自慰をしているかのようだった。つぷりと深く指を含むと、いい場所に硬い指先が当たった。

「く、ふ」

もしかしたら、自分は知らないうちに料理に催淫剤を混ぜてしまっていたのだろうか。それでこんなにも身体がおかしくなっているのだろうか。そんなことを疑ってしまうほど、欲望が走る。

快楽しかない行為がつらくなってきて、口走る。

「挿れ、ろよ」

「ん?」

恩田がわからないふりをするのに焦《じ》れて、槙は男の下肢に手を伸ばした。黒みのあるものを掴み、開いた脚のあいだへと強引に連れこむ。恩田はされるがままになっていた。

まだ指が入っているところに、先端を宛《あて》がう。腰を押し下げるようにして、槙はペニスを導き入れた。快楽しかなかった場所に痛みが充満して、ようやく安心する。

恩田のほうも余裕を保てなくなった様子で指を抜き、やおら腰を使いはじめた。内壁をこじ開けて、奥へ奥へと突いていく。手慣れた夫としての顔は失われ、劣情に駆られる雄と化す。

痛みと苦しさに息が弾む。

槙は自分のうえで荒々しくうねる男の肉体に圧倒された。

黒髪が乱れきって額にかかり、律動のままに激しく揺れる。眼窩《がんか》に力を籠めているのか、強い眉と目の間隔が狭まっていた。

その顔が遠ざかる。恩田は上体を完全に起こすと、槙に極限までの開脚を強いた。結合部分と性器を眺められる。

「今日は、気持ちよさそうだな」

意味がわからずに、槙は自分の下肢を見下ろし、目を見開いた。

痛みしか感じていないのに、槙のペニスはなぜか萎えていなかった。頭を浮かすほど反り返っている。恩田の動きに合わせて、それが踊る。視覚によって、痛みのなかに快楽が混じっていることを教えられた。いったん気づいてしまうと、ひと突きごとに快楽は嵩《かさ》んでいった。

ペニスで感じるのとは質の違う底の深いどろりとした体感に呑みこまれそうになって、槙は後ろ手をついて背中を上げた。ぐちゃぐちゃになったベッドカバーと毛布を足の裏で踏み、腰を浮かせて繋がりを抜こうとする。

しかし、強い手指で腰を摑まれて引き戻される。粘膜の奥が拓く。

恩田の手は湿り気を帯びていて、熱かった。

裂けそうなほど圧迫されている内壁から全身へと、重ったるい痺れが拡がっていく。

「いや、だ…っ」

言葉とは裏腹に、槇の茎はいっそう硬くなり、自身の腹にペチペチと激しく当たった。

支配されていくような感覚に焦燥感が膨らむ。

足搔《あが》いて繋がりを外そうとするが、無駄だった。手慣れた男に角度を巧みに変えながら突き上げられる。

「あぁぁ」

悲痛な声が口から漏れた。

「この入り方がいいのか」

角度を定めて、抉《えぐ》りこむ動きを恩田が繰り返す。

「う…ぁ……、ぁ…、あっあっぁっ」

粘膜があられもない動きをして男に応《こた》えてしまう。ペニスの芯が痛いほど張り詰める。頭の底が白く灼けた状態のまま、脚のあいだを小刻みに打たれる。

「——は、…っ、んぅ」

全身で張り詰めていたものが、痙攣《けいれん》とともに瓦解《がかい》した。視界に白濁が飛び散る。

震えて狭まる粘膜を鉄の淫具じみた器官にぎっちりと拓かれる。射精している槇のなかに、恩田がだくだくと体液を流しこんでいく。

ついていた後ろ手も肘から折れて、槇はぐったりと背を落とす。唇や脚が繰り返しヒクつく。

カモのはずの男にいいようにあしらわれ、性的にコントロールの利かない状態に貶められたのだ。

口惜しさに奥歯をきつく噛んでから、槇は口元に笑みを拡げた。

教えてやる。

「盛ってない」

「――」

「薬は、盛ってない」

恩田が無言のまま目の輪郭を歪めた。

この瞬間のために、わざと抱かせてやったのだ。

「あんたは俺を抱きたくて仕方なくて、勃起しただけだ」

嗤いがこみ上げてきた。吐き捨てるように言う。

「ちょろいんだよ」

恩田が槇の顔の両脇に手をついた。まだ繋がっているものの挿入角度が変わって、槇は身体を引き攣らせた。

なにを考えているのかわからない表情で恩田が呟く。

「そうか」

槇は浅く瞬きをした。

「あ…?」

体内のものが、また膨張を始めていた。去りきっていない絶頂の痺れが、身体のあちこちで復活していく。再度の行為など冗談ではない……絶対におかしくなる。

「――もう、抜けっ」

しかし、痺れで感覚が曖昧になっている身では抵抗もままならない。

根元まで挿入されたものが、育ちきる。それはさっきよりも体積を増しているようだった。

弱くもがく槇に顔を寄せて、恩田が低く囁く。

「お前を抱きたくて仕方ない」

「……」

粘膜が不安定に波打つのを、槇は自覚する。

どうしていちいち、報復が自爆になるのか。恩田にも自分にも、強烈な苛立ちを覚える。

恩田がゆっくりと腰を回しはじめる。直情的なセックスではなく、いたぶるセックスをするつもりなのだ。

漏れそうになる甘い喘ぎを、槇は必死に唇を噛んで殺した。

5

始業前の早い時間にふらりとやってきた安藤《あんどう》が、所長室の恩田《おんだ》のデスクのうえに大判の封筒を置いた。

「はい、これ、定期便。お得意様へのサービスです」

恩田は苦い顔になる。

「だから、終わった案件だと言ってるだろう。どうしてそんなに槙圭人《まきけいと》のことを調べたがるんだ」

安藤は依頼してもいないのに、槙圭人の現住所や生育歴、新たなカモについてまでも調査して、恩田に一方的に報告書を渡すのだ。その情報が結果的に役に立ったこともあったわけだが。

安藤が無精髭《ぶしょうひげ》の生《は》えた口元でにやりとする。

「アカサギちゃんは恩田先生のお気に入りみたいなんで」

「見当違いだな」

「だって先生、よく一緒に晩飯してるじゃないですか」

「私のことをつけまわしたのか」

「先生に酒を奢《おご》ってもらおうと思ったら、先客の美人が相席してたんですって。付き合ってるんですか?」

半眼を安藤に向ける。

「…そんな凄《すご》まないでくださいよ。だって、恩田先生、俺には酒しか注文させないのに、槙圭人にはがっつり食事させてるじゃないですか」

「あいつが勝手に来て、勝手に食事をしてただけだ。もう、行け」

ぞんざいに手を振ると、安藤が肩を竦《すく》めて出て行った。

恩田は人差し指の先で机の天板をコツコツと叩《たた》く。

勝手に食事をしていた――過去形だ。

半月ほど前の日曜日、槙はふらりと恩田の自宅を訪ねてきた。彼の手料理は驚くほど恩田の口に合った。完璧すぎて、男を籠絡《ろうらく》する手段として手料理を頻繁《ひんぱん》にもちいているのだと察しがついた。味も相手ごとに自在に変えているのだろう。そのことに、無性《むしょう》に腹が立った。

食事中からむずむずとした性的欲求を覚え、てっきり催淫剤を盛られたのだと思った。それで槙に奉仕をさせたうえで抱いた。

催淫剤を盛っていないと教えられたとき、正直なところ動揺した。レストランバーでの行為は恩田自身の精神不安定と深酒による失態だったが、あの時はそうではなかった。酒もほろ酔い程度の量だった。

ただ、見慣れた日常空間で槙主人が料理をして、食事をともにしただけだ。

それだけのことで、欲情《たく》した。

男を手玉に取るために巧みな料理を振る舞う槙の体内は、やはり不慣れな様子で、それがまたいっそう興奮を煽《あお》った。もしかすると槙が軽薄なのは表層的なもので、本質は純情なのではないかと錯覚を起こすほどで……さすがはプロの結婚詐欺師だ。

槙が自分のことをカモにしようとしていることは、安藤からの報告書を見ながら客観的に考えているうちにわかった。

自分を追い詰めた弁護士をカモにするなど、ある意味、見上げた肝《きも》っ玉だ。恩田はそれを少し面《おも》白《しろ》いと思ってしまっていた。

しかし、カモにされていると承知のうえで、槇に激しい欲望を覚えたのはまったく予定外で、まんまと詐欺師のペースに嵌《は》められていた証拠だった。そのことに腹が立ち、いささか苛《いじ》めすぎたらしい。

あの日を最後に、槇は恩田の前に現われなくなったのだった。

お節介な安藤が残していった封筒を開ける。通常業務並みにしっかりとした報告書だ。

それによれば、槇は恩田と同時進行でカモにしていた男から、まんまと金目のものを巻き上げたようだった。恩田の人差し指が強くデスクを叩く。このもうひとりのカモである赤坂《あかさか》という男にも、手料理を食べさせたのだろうか。フェラチオはしたのか。セックスはしたのか。あんな、脆《もろ》い表情を見せたのか。

荒《あら》ぶりそうになる感情を抑えこんで報告書を読み進める。槇が赤坂から高額品を貢《みつ》がれた現場を、安藤は尾行中に目撃したらしい。

贈られたのは、ジェラルドジェンタの五百万円超えの腕時計だった。

資料には写真も添付されていた。高級そうなレストランで、槇がプレゼントされた時計を嵌めてみせているところだった。向かいの席で鼻の下を伸ばしているのが赤坂だ。恩田より二歳年下らしいが、にやけ顔には中年男のいやらしさが満ちていた。

「もう少し、相手を選べ」

いない相手に説教してしまう。

思えば、相談を持ちこんだ木村浩二《きむらこうじ》も冴えない男だった。その案件が頭に甦《よみがえ》る。ふいにキーワードが一致《いっち》した。

「時計」

木村が貢がされたのも高級腕時計だった。

『だから、木村が勝手に貢いだって言ってんだろ。時計はいらないから、その辺に捨てた』

まさか本当に捨ててはいないだろうが、安藤の報告によれば、槇がよく使う質屋にも流れた形跡《けいせき》がない。示談金を確保できればよかったため本格的な家捜《やさが》しはしなかったが、掻《か》き集めた金目のもののなかに腕時計はなかった。

記憶を辿《たど》ってみても、槇が腕時計を嵌めているのを見たことがない。習慣がないのだろう。

それならば、どうして時計なのか。その時計はどこに行ったのか。

疑問をいだきながら報告書をさらに読み進めていくと、意外にも答えに結びつきそうな情報が記されていた。

貸金庫の存在だ。

木村と会った数日後にも、槇は貸金庫に足を運んでいた。もしかすると、そこにこれまで男たちに貢がせたものを保管しているのではないか。

恩田の人差し指の動きは止まっていた。

検事時代だったら結婚詐欺師の余罪を追及するところだが、いまの自分は弁護士だ。担当している案件以外のものに首を突っこむのは職務の範囲外だ。クライアントでない人間の不利益など考える必要はない。

そう理屈としては整理されているのだが、報告書に最後まで目を通して封筒にしまいなおすころには、自分が動かずにいられないことがわかっていた。

無性《むしょう》に槇主人を罰してやりたかった。

終業後、恩田は槇の現住所へと向かった。今度のマンションも以前のものと同様、外観は古めかしかった。男を次から次へと騙《だま》して、いくらでも金を作れるのにあえてこういう建物を選ぶということは、拘《こだわ》らないというよりも、殺伐《さつばつ》とした侘《わび》しい雰囲気が好みなのかもしれない。

七階建ての最上階にある槇の部屋には、明かりが点《とも》っていた。在宅しているようだが、郵便ボックスからはちらしが溢《あふ》れていた。エントランスのオートロックシステムから呼び出しても、応答はない。居留守を決めこむつもりらしい。

ちょうどそこにマンションの住人が帰ってきた。その住人がオートロックを解除した際に、さりげなくエントランスドアを抜けた。エレベーターで七階に行き、部屋のベルを鳴らす。やはり無視された。

ダメ元で自分の携帯電話で、槇の携帯を鳴らしてみる。着信拒否でもされるかと思いきや、コール音が鳴りだす。

「……ん?」

恩田は携帯から耳を離し、代わりにドアに耳を押し当てた。着信音らしきメロディが聞こえる。

しかも、かなり近い。しゃがみこんで、ドアについている郵便受けの蓋《ふた》を摘《つま》み上げた。

本当にすぐそこから音が聞こえる。どうやら槇の携帯電話は、靴脱ぎ場に落ちているらしかった。

――どういうことだ？

点《つ》いている部屋の明かり。溜《た》まった郵便物。不自然な場所に放置された携帯電話。

胸騒《むなさわ》ぎがする。

恩田はすぐに、念のため調べて登録しておいたこのマンションの管理人に電話を入れた。弁護士だと名乗り、法律相談の依頼人である槇と連絡が取れず、トラブルに巻きこまれた可能性が高いと告げた。

管理人は一階に住んでいるため、すぐに合い鍵《かぎ》を手に七階に来てくれた。七十代らしき痩《や》せた男に、名刺を渡す。弁護士というものの社会的信頼は強固なもので、管理人は安堵の表情を浮かべたが、またすぐに不安そうな目つきになった。

「この部屋の人は確か、調理師さんでしたね。それがいったい、どんなトラブルに……」

鍵をドアに挿《さ》しながら訊《き》いてくる。この部屋を借りるにあたって、槇は調理師と職業詐称《さしょう》をしたらしい。確かに調理の腕はプロ並みだ。

「店の客に一方的に因縁をつけられて、うちに相談に来たんです」

「そう、ですか。それはとんだ災難ですな。鍵が開きました」

管理人は自分ではドアを開けようとしなかった。開けたら槇の死体が転がっているのではないかと恐れているのが伝わってくる。……腐臭がしないからさすがにそれはないと思うが、恩田は慎重な手つきでドアを開けた。

案の定、スマホが足元に転がっていた。それを拾い上げる。

管理人と１ＬＤＫの部屋を見てまわるが、槇の死体は転がっていなかった。もうそれですっかり気が楽になった様子で、管理人は「それじゃ帰るときに、一階エントランスの横にある管理人ボックスに鍵を入れておいてください」と言い置いて、部屋を出て行った。

槙の新居は家具類が変わっていないせいもあって、前の住居とよく似た様子だった。ソファの前には黒いガラスのテーブルが置かれている。

恩田はソファに腰掛けて、スマホの履歴とアドレス帳、メールを確かめた。恩田がかけたこの番号は「仕事用」のものではないため、足取りに繋《つな》がりそうな記録は残っていなかった。

ローテーブルのうえには、マグカップが置かれていた。なかを覗《のぞ》きこむと、水分が飛んでひからびたコーヒーの残骸《ざんがい》があった。

手にしていたスマホを床に落としてしまい、それを拾おうとして深く前屈《まえかが》みになった恩田は、ソファの下になにかあるのに気づいた。ノートパソコンだった。開いて電源を入れてみるが、指紋《しもん》認証のセキュリティがかかっていた。安藤ならなんとかして中身を見られるようにしてくれるだろう。ビジネス鞄《かばん》にノートパソコンを収納する。

改めて部屋を見てまわったが、槙の失踪《しっそう》のヒントになりそうなものは発見できなかった。部屋を出て鍵を閉め、管理人ボックスに鍵を入れてからマンションをあとにした。

安藤に連絡を取って、彼の興信所——マンションの一室で、壁をぐるりと囲むかたちで棚が並べられた部屋のまんなかに会議室用長机とパイプ椅子《いす》数脚が置かれた殺風景な部屋だ——に回収したノートパソコンを持ちこんで事情を説明すると、安藤が難しい顔で頷《うなず》いた。

「ここんところ、アカサギちゃんの姿が見えないからおかしいと思ってたんですよ」

「失踪の可能性があったから朝一で、あの報告書を渡すためだけに私のところに来たわけか」

「恩田先生が興味ないなら、放置でよかったんですけどね。俺は」

ちょっと面白がる顔を安藤がする。

「今朝は終わった案件だって言ってたのに、珍《めずら》しく熱いですねぇ」

……槇主人の存在は、終わったこととして切り捨てられないぐらいには自分のなかに浸食していた。長い年月をかけて固着したはずの情感が過剰《かじょう》に動くのが心地悪い。恩田は靴の裏で床を踏《ふ》み締め、話を進めた。

「事件性がある、という共通認識でいいな？」

「携帯が落ちてたってことは、そういうコトかと」

「木村《きむら》か赤坂が拉致《らち》した可能性もあるか」

恩田が唸《うな》るように言うと、安藤がぶ厚いファイルを出してきた。丸ごと、槇主人のケースが収められているらしい。

「そのふたりの可能性は低いと思うんですよ。木村はいま、キャバ嬢に入れあげてます。赤坂は槇と連絡が取れていないようで、槇と出会った映画館に頻繁《ひんぱん》に行ってます」

赤坂はひとりで入った映画館で、たまたま横に座った槇と運命的な出会いを遂《と》げたのだという。そこに行けば連絡を取れない槇と再会できるかもしれないと、藁《わら》にも縋《すが》る思いなのだろう。

罪もない男の純情を踏《ふ》み躙《にじ》り、金目のものを貢がせてとんずらする。

……そんな結婚詐欺師のことを、自分はどうして気にかけ、捜《さが》そうとしているのか。苦い気持ちを安藤になすりつける。

「お前は、本当にお節介な男だな。いつ寝てるんだ」

「いったん気になると調べないではいられないんですって。今回のアカサギちゃんは魅力的《みりょくてき》ですしね。いや、でも本気でそろそろ下っ端《したっぱ》雇わないと、倒れそーですけどね」

安藤が軽口を叩きながらもファイルをめくっていく。

「過去の被害者も何人かは見つけられました。被害者たちが、ほかの弁護士事務所に相談してたぶんです。やっぱり、詐欺被害者による拉致が濃厚だと思いますよ」

「私生活でのトラブルの可能性はどうだ?」

「んー、アカサギちゃんは普通の人づきあいはしないみたいですよ。まともに接触するのは、詐欺のカモと施設絡みぐらいですかね」

「施設絡み?」

「ほら、施設育ちじゃないですか。その施設に、こないだ立ち寄ってたんですよ」

言われてみれば、報告書で二度ほど、槇が施設に立ち寄ったと書かれていた記憶がある。

「施設の職員とも笑顔で話してて、子供たちと遊んでましたよ」

ふいに、槇の言葉が思い出された。

『父親は八歳の俺を施設に預けた。写真はその時に撮った。年に何回か面会日や外泊許可の日に会ってたけど、十四歳のときに来なくなった。施設の職員も連絡を取れなくて、俺は施設を抜け出して親父のアパートに行った。窓からなかを見たら、空っぽになってた』

他人事《ひとごと》みたいな淡々としたしゃべり方だった。

「えーっと、そうそう。『躑躅《つつじ》の家』っていう施設です。そこの庭に山ほど躑躅が植わってるんです。俺が行ったとき、ちょうど花が満開でしたよ」

躑躅の家にいたころの槇を想像したら、それと重なるようにして息子の琢《たく》のことが思い出された。

新しい父親との生活はうまくいっているだろうか。胸の底に穴が空いたような心地になる。

槇と出会ってから息子のことを考える時間が飛躍的に増えた。

『琢はもう、新しいお父さんになついてるの。琢にはあなたは必要ないのよ。だから二度と会わないで』

考えるだけで、自分からはもう触れられない存在だ。

『息子を捨てたのは、あんただ。それなのに、いまさらよくもまぁ父親面して、俺に八つ当たりできるよなぁ。息子がどんな気持ちですごしてきたのか考えたことが――』

槇の言ったとおりだ。琢はいったいどんな気持ちですごしてきたのか、正面から向き合わないで時間を重ねた。そして、失った。

身勝手な自己憐憫《れんびん》に溺《おぼ》れる自分の頬《ほお》を叩いたのは、槇だった。

「――詐欺被害者による犯行の線で徹底的に絞りこむ」

安藤と手分けして、判明している過去の被害者の身辺調査をおこなうことにした。

＊

「結婚する気になってくれたか？」

荒く息をつきながら男が耳元で囁《ささや》く。

槇はベッドに片頬を埋《うず》めて暗いなかで瞬《まばた》きをする。窓は雨戸が閉められていて、ずっと夜のようだ。

おそらく、与えられる飲食物に強い睡眠薬が混ぜられているのだろう。気がつくと意識を失っている。意識があるときも、思考をまともに積み上げることができない。

「う…う」

猿《さる》ぐつわの隙間から声と唾液《だえき》が漏《も》れる。

全裸で俯《うつぶ》せにされた身体は、ベッドの四つ端の鉄柱に手首足首を紐《ひも》で括《くく》りつけられている。その槇に背後から覆《おお》い被《かぶ》さった男が、腰をねちねちと蠢《うごめ》かせる。強制的に開かされた尻の狭間《はざま》へと、男の陰茎が入りこんでいる。

ふーっ、ふーっと、生暖かい息を項《うなじ》に吹きかけられる。

激しい嫌悪感に、槇は可動範囲の少ない身体でもがく。すると、男は必死に腰にしがみついてきて、怒気の混じった声を荒《あら》らげた。

「約束したじゃないかっ」

快楽に振りまわされる情けない腰使いをしながら詰《なじ》る。

「食事を作って、掃除《そうじ》をして、尽くしてくれるって言ったじゃないかっ……傍《そば》にいたいって……ぁ、うああ…うおっ…気持ち、いい…っ」

締まりのない裸の男の肉体がべっとりと張りついてくる。

「ふ、夫婦になる、んだから、なかに出していいね。出すよ…、出すよっ」

ここに監禁されてから、もう何度、体内に射精されたかわからない。意識を失っているあいだに犯されて、目が覚めたら脚のあいだが白濁《はくだく》まみれだったこともあった。

男だから妊娠するわけもないが、それでも単純な生理的嫌悪に吐き気がして、槙はきつく拳《こぶし》を握って全力で暴れた。

「こ、ら、こらっ、ぁ、う、ううっ」

さして長さがなくカリの括《くび》れも浅い男のものが、槙の臀部《でんぶ》から弾き出される。尾骶骨《びていこつ》のあたりにビシャビシャと薄い粘液をかけられた。

「もったいないないじゃないかっ」

後頭部でゴッと音がした。拳で殴られたのだ。数回殴られると、槙の身体はぐったりする。その力を失った尻に散った精液を男は指で掻き集め、後孔《こうこう》のなかになすりつけた。

感極《かんきわ》まったように、男が抱きついてくる。腹を掌《てのひら》で撫《な》でまわされる。

「妊娠してくれ」

槙は悪感とともに殺意を覚える。

この男は相手を所有した証《あかし》に妊娠させたいだけなのだ。そしていざ子供が生まれても、自分の都合で放り出す。子供のことなど綺麗《きれい》さっぱり忘れて、新たな相手を所有することに夢中になる。

「……クズ」

猿ぐつわ越しにも呟《つぶや》きが聞き取れたらしく、身体をすり寄せていた男の動きがぴたりと止まった。

「いま、いま、なんて言ったのかな?」

男は震える手で猿ぐつわをわずかに緩めた。

「も、もう一度、言ってみろ」

槙は嘲《あざけ》る視線を背後に投げた。

「短小ふにゃチンのクズって言ったんだよ」

次の瞬間、後頭部にふたたびゴッゴッゴッと立てつづけに衝撃《しょうげき》が走った。

今回は殴るだけでは終わらなかった。首を両手で絞《し》められる。容赦《ようしゃ》のない圧迫に気道が狭《せば》まっていく。

槇は抵抗しなかった。

こんなクズ男に陵辱《りょうじょく》されつづけるぐらいなら死んだほうがマシだ。

殺人を犯したところで、この男は手際よく事後処理などできるはずがない。すぐに異臭が立って、逮捕される。

――ざまーみろ。

こめかみがドクドクしだす。手足が先端から冷たく痺《しび》れていく。

遠退く意識のなかで、槇は唇を歪《ゆが》めて微笑した。

＊

「いったい、どこにいるんだ」

苛立《いらだ》つ恩田の向かいの席で安藤が頭をかかえる。

「身元がわかってる結婚詐欺被害者はぜんぶ当たったから、リスト外ってことですかね……だとすると、かなり厳しいですよ」

「厳しくても、捜し出すしかない」

安藤が深刻な表情になる。

「命に関わる可能性、ありますかね？」

「あいつの性格だ。絶対に犯人を挑発してるだろうな。しかし、せっかく槇を手に入れたからには、そう簡単には殺さない——おそらく、な」

槇は追い詰められるほど、反抗的になって男を煽る。煽られたことのある張本人だからこそ、恩田にはその図が目に浮かぶようだった。救出は一刻も早いほうがいい。焦燥感《しょうそうかん》に駆られる。

「恩田先生、警察には？」

「失踪届けは出したが、動く様子はない」

弁護士の守秘義務があるだけに、結婚詐欺絡みのことを警察に話して被害者たちを巻きこむのは最後の手段だった。それに事実をすべて話したところで警察が本気で動く可能性は低い。

こめかみをきつく押さえながら安藤に尋《たず》ねる。

「そういえば、ノートパソコンのロックは解除できたんだろう。ヒントになりそうなものは出てこなかったのか？」

「詐欺絡みの情報はなにも。でも、面白い事実は判明しました」

「なんだ？」

「資金源です」

「資金源はカモから巻き上げたものじゃなかったのか？」

「前に報告したとおり、貢がせたものを質に流してる様子はありません」

安藤が人差し指で空中にカクカクした線を引いた。

「デイトレードです」

「──株をやってたのか」

「はい。なかなかの腕前ですよ。他人名義の口座でやってました」

他人名義の口座で取引をするのはもちろん違法だが、裏には裏の方法がある。

「貸金庫もそれと同じ名義です」

本名で男たちを誑《たぶら》かし、蓄財は他人名義でおこなっていたわけだ。

「すると、遊興費や生活費はデイトレードで稼《かせ》いでたのか」

「ですね。それと寄付金もそこから出してるようです。寄付は本名でおこなってますが」

「寄付？」

「いくつかの児童養護施設に毎年まとまった額を寄付してるんです」

「……自分が施設出身だから、か？」

「そうなんじゃないですかね。いろんな施設の子供たちの相談に乗ったりもしてるみたいですよ」

恩田は黙りこむ。

悪辣《あくらつ》なアカサギの槇圭人とはまったく別の顔がそこにあった。

──あいつは、本当はどういう奴なんだ？

「恩田先生、恐い顔してますよ」

安藤に指摘された恐い顔のままで言い放つ。

「あいつの首根っこを摑《つか》まえて、化けの皮をぜんぶ剝《は》がしてやる。お前はまだリストに載ってない過去の被害者の掘り出しをしてくれ。私はリストの被害者をもう一度洗いなおす」

気が急《せ》くときほど、ひとつひとつの詰めが甘くなり、凡《ぼん》ミスを犯しやすくなる。足元からきっちり固めなおしていくのが、結果的には最短距離になったり、予想外の発見に繋がったりするものなのだ。それは検事時代の経験で骨身に染《し》みていた。

そうして確実に積み上げた櫓《やぐら》のうえからでなければ、見渡せない真実がある。

……それなのに多忙を極め、私生活で離婚を経験して踏ん張りが利かなくなったとき、恩田は致命的ともいえる妥協をしそうになった。そして、その公判をきっかけに、検察を去ることとなった。

当時のキリキリした感覚と葛藤《かっとう》が甦《よみがえ》ってくる。みずからに言い聞かせる。

——大丈夫だ。私は槇圭人を捜し出せる。

単純に失踪している槇を見つける、という意味だけではない。

本物の槇圭人と出会いなおすのだ。

しかし、終業後の時間と休日のすべてを投入した槇捜しは、難航を極めた。

安藤が被害者リストの名前を地道に増やしてくれたものの、それでも槇の消息は杳《よう》として知れなかった。


事務所の中央に置かれた会議用のテーブルを、恩田法律事務所の弁護士が三人で囲んでいる。テーブルのうえには、法律相談の新規予約受付票が置かれている。

「ほかにも、この案件とこの案件を僕に担当させてください」

寺岡《てらおか》がそう言いながら、新たに二枚の受付票を手に取った。もともと良くも悪くも生真面目《きまじめ》で、そのせいで担当ケースの数を増やせない傾向にあった若手弁護士が、珍しく肉食系のやる気を見せてきた。

いくらか難しい案件だが、これまでの実績からして寺岡が担当しても問題はないだろうと判断して、恩田は了承した。

「助け船が必要になったら、すぐに言え」

「はい。ありがとうございます。新規の飛びこみ相談も、もっと多く担当できるように努めます」

「ずいぶんとやる気を出してるが、なにかあったのか?」

すると、中堅の中村《なかむら》弁護士がニヤニヤしながら口を挟んだ。

「こいつ、ここのところ尊敬する恩田所長がお忙しそうなもんだから、僕もキャパシティを拡《ひろ》げる努力をするんだって息巻いてましたよ。昨日、酒を飲みながら」

寺岡が慌てたように言い返す。

「僕は昨日、中村先生から話を聞いて、自分がどれだけなまぬるい仕事をしてるかを自覚したんです」

「寺岡に、どんな素晴らしい話をしてやったんだ?」

「そろそろいいだろうと思って、こいつに所長がヤメ検になった経緯を話して聞かせてやったんです」

恩田は「ああ、それか」と苦い顔になる。

「どう美談にしたのか知らないが、私は重大な案件で『無罪』を出した。検事失格だっただけの話だ」

当時、恩田は東京地検に勤務していた。

東京地検や神奈川地検といった大きな検察庁には、捜査検事と公判検事がいる。警察から挙げられてきた案件の捜査をして煮詰めるのが捜査検事で、その捜査検事の作った調書を基《もと》にして裁判の場で争うのが公判検事だ。

恩田は捜査検事としてキャリアを積み、評価されていたが、検事を辞める前年に公判のほうへと移った。捜査に手を抜かないためパンク寸前だったところに離婚が重なり、上層部としては少し休ませてやろうという気持ちもあったのだろう。

そんな時、とても世話になってきた南部《なんぶ》という捜査検事が調書を取った案件の公判を、恩田が担当することになった。

決して「無罪」にはできないと、気を引き締めた。

検察において、自分たちが有罪であるとして立件したものが無罪判決を受けるのは、決してあってはならないことなのだ。

有罪に拘りすぎる検事が捏造《ねつぞう》まがいの調書を取るようなこともあるが、少なくとも捜査検事だったころの恩田は常に真相に焦点をあて、起訴すべきものは起訴し、不起訴にすべきものは不起訴にしてきた。

その姿勢を恩田に叩きこんでくれたのが、南部検事だった。彼は、恩田が研修生として高知の検察庁に赴任していたときの指導上司でもあったのだ。

だから、南部検事の仕事には全幅の信頼を置いていた——それが、いけなかった。

公判が始まってから、恩田は裁判での容疑者とのやり取りを通して、容疑者がほかの人間を庇《かば》っていることに気づいてしまったのだ。

恩田がその容疑者を担当する捜査検事であったなら、早々に気づいていたに違いない。南部ほどの検事なら当然、見抜くことができたはずだ。

それなのに南部が不起訴にせずに裁判に持ちこんだのは、彼の真摯《しんし》な仕事姿勢が失われたせいだとしか思えなかった。

ベテラン検事である南部が捜査したものを公判検事たちが死にものぐるいで有罪判決に持ちこみつづけたことで、南部は慢心し、堕落《だらく》していったのかもしれない。

この公判を無罪にすれば、検察のメンツも南部のメンツも潰《つぶ》すことになる。恩田は苦悩し、ほかの公判検事たちのように有罪を通すべきかといっときは考えた。

しかし、真実を曲げることに荷担《かたん》はできなかった。

論告《ろんこく》にて恩田は見えてしまった真実を述べた。判決は無罪となった。

恩田は検事長から呼び出しを受け、厳しく責任を追及された。退職を迫られたわけではなかったが、検事の職を辞した。論告を口にした時点で、その決意はすでに定まっていたのだ。

もしも阿《おもね》って検察に残ったら、いつか自分も南部のようになっていたのではないかと思う。そうなってもおかしくないほど、当時の自分は人としての感覚が麻痺《まひ》し、摩耗《まもう》していた。

そして、弁護士へと転じた。

弁護士の仕事は、検事以上に清濁《せいだく》を併せ呑まなければやっていられない。

それでも、同じ海千山千《うみせんやません》なら、正面から悪徳弁護士と罵《ののし》られるほうが性《しょう》に合っている。同じ悪徳でも、悪徳検事と面と向かって罵られることはない。個々の検事は、検察庁という不透明でぶ厚い権威の膜に守られているからだ。その膜の下では、互いのメンツを潰さないことが最優先される。内側から組織を変えるよりも、弁護士として外側から真実を暴《あば》くほうが現実的だ。

「所長のその話は、司法修習の同期で検察に行った奴から聞いたんですけどね」

中村が肩を竦《すく》めながら続ける。

「美談っていうより、怪談扱いらしいですよ。検事が自分で無罪を主張して検察のメンツを潰すなんて、ホラーだって」

寺岡が悩ましげな顔で言う。

「でも完全に信頼してる相手の仕事を疑うのは難しいですね。僕だって中村先生の案件を引き継いだらよくよくチェックしますけど、所長の案件を引き継いだら安心してそれに乗ってしまいますよ」

中村が寺岡の肩を小突くのを眺《なが》めていた恩田は、強く瞬《まばた》きをした。

――完全に信頼してる相手の仕事……そうか。

リストに名前があるものの、自分で確かめていないうえに再チェックから除外している人物がふたりいた。

キャバ嬢に嵌まっているという木村浩二と、槇と出会った映画館に入り浸っている赤坂だ。安藤の見立てに納得して除外してしまったが、考えてみれば、このふたりは騙されてからさほど時間がたっていない。槇への執着《しゅうちゃく》と憎しみが薄れておらず、暴走する可能性は充分にある。

恩田は腕時計を確かめる。午後四時五十分だ。五時から新規の相談が入っていたが、それを寺岡に任せて事務所を飛び出した。

木村も赤坂もサラリーマンだから、この時間帯なら不在だ。彼らの家のなかを確かめるには、もってこいだった。まずは事務所から距離の近い赤坂のマンションへと向かう。槙の部屋に入ったときと同様、自分は弁護士で赤坂が事件に巻きこまれた可能性があると告げると、大家は青ざめて赤坂の部屋の鍵を開けてくれた。なんでもこのマンションでは自殺者が部屋で腐乱《ふらん》していたことがあったのだという。

「いまどきは素人《しろうと》さんでもネットで事故物件の情報を簡単に手に入れられますからね。本当に大迷惑なんですよ」

映画マニアらしく、赤坂の部屋の棚はディスクで埋めつくされていた。ローテーブルの下には金融会社からの督促状《とくそくじょう》が積まれていた。五百万円超えのジェラルドジェンタの腕時計は、借金で買ったものなのだろう。

ユニットバスまで覗《のぞ》いたが、槙の姿はなかった。

赤坂のマンションをあとにして、木村の一戸建ての家へと向かう。着いたころには、すでに六時をすぎていた。梅雨の曇《くも》り空はぼんやりとした橙色《だいだい》に染まり、小雨《こさめ》を吐き出している。

こぢんまりとした二階建ての家屋は築四十年ほどか。腐りかけた縁側は踏んだら床が抜けそうだ。雑草の伸びまくった小さな庭には、子供用の一輪車が転がっていた。ずっと雨ざらしにされているのだろう。びっしりと茶色い錆《さび》で覆われていた。

この一輪車の幼い主はいま、施設に預けられている。槙が寄付をおこなっている児童養護施設のうちのひとつだ。槙は木村の家で一度だけ手料理を作ったそうだが、あの一輪車を見て、なにを思っただろうか。

庭から入って、建物の外周を歩く。塀《へい》と家屋の隙間を歩いていた恩田は、二階の窓を見上げた。一階と二階のあいだに短い屋根があるため見えにくいが、その部屋の窓だけ雨戸が閉めてあるらしい。横にスライドさせるタイプの、木製の古びた雨戸だ。

「………」

理性的に観察しようとするのに、理屈を越えた直感に衝《つ》き動かされる。視線を巡《めぐ》らせて足場を確認すると、恩田はまず塀に上った。そこから隣家の物置の屋根に移り、屋根の縁を踏み締めて大きく跳躍《ちょうやく》する。靴の裏が木村宅の一階の屋根部分に乗ったが、瓦《かわら》屋根が雨で滑《すべ》った。危うく転倒落下しそうになったところを、雨樋《あまどい》を摑んで持ちこたえる。

滑らないように慎重に屋根を伝って、雨戸の前まで辿り着く。

建てつけの悪いそれを横にスライドさせようとするが、内鍵がかかっているらしい。焦りと腹立ちのままに破壊せんばかりにガタガタと雨戸を揺らすと、甘い内鍵が壊れたようだった。ふいに雨戸が横にズレて、窓が現われた。

雨雲越しの西日がかすかに反射する窓ガラスのなかへと、恩田は懸命《けんめい》に目を凝《こ》らす。

電気の点いていない薄暗い畳敷きの部屋。窓のすぐ傍に、小さな学習机がある。子供部屋だ。本棚にはぽつんぽつんと図鑑やプラモデルが置いてある。

――見当違いだったか…。

失望を覚えながら、恩田は奥の暗がりへと目を向けた。そこにはベッドが置かれていた。

「ん…?」

よく見えないが、フレーム部分が銀色に輝いている。新品のようで、サイズも大人用だ。雨が当たる窓を掌で擦《こす》り、凝視する。

白いベッドの表面は薄っぺらく盛り上がっていた。暗がりに目が慣れてくるに従って、その盛り上がりが人のかたちに見えてくる。

恩田は鋭《するど》く息を吸いこんだ。

間違いない。シーツらしきものを頭のうえまで被せられた人間が、あそこに横たわっている。確信したとたん、心臓が狂《くる》おしく波打った。完全に横に滑りきらない雨戸を両手で外すと、その雨戸の角を窓ガラスに叩きつけた。ガラスに罅《ひび》が入り、三度目で砕けた。砕けた場所から手を入れて解錠し、室内に飛びこんだ。

肩で息をしながらベッドへと近づく。遠近感覚がおかしくなっているのか、視界のなかのベッドが縮小されたり拡大されたりする。ボヤけては、ふいに焦点が合う。ベッドに被せられたシーツの端から、痩せた手が覗いていた。その手首には紐が巻かれ、ベッドのフレームに繋がれている。どうやら、手足を広げるかたちで拘束されているらしい。

「ま、き」

白いシーツに覆われた身体も、覗いている痩せた手も、微動だにしない。まるで命のないオブジェのように静かだった。

真実を知りたくない。

その強烈な思いに、ベッドの横に立ちすくんだまま、恩田は身動きを取れなくなる。

たらればの仮定で後悔するのは無意味だ。それなのにいま、凄まじい勢いで仮定が枝を増やし、その先に悔恨《かいこん》の実をつけていく。いくらでも、槇圭人をここから救いだす道があったのではないか。

唸り交じりの荒い息を幾度か吐いてから、両手をシーツへと伸ばす。捲れたシーツが畳へと流れ落ちた。

平べったい岩のような肉体が、剝《む》き出しになる。

「……まき、槇っ！」

その骨張った肩を両手で包むと、かなりひんやりしているが体温があった。よくよく見れば、肩《けん》甲骨《こうこつ》がわずかながら呼吸に上下している。

安堵に身を大きく震わせて、恩田は槇の俯せの肢体に視線を這わせた。身体中に赤や青や紫の痣《あざ》が散っている。首にも絞められたらしき痣があった。

狂おしく動いていた恩田の目が凝固した。

足首をベッドのフレームに紐で繋いで、強制的に開かされている脚。痩せた臀部の狭間は、白い粘液まみれになっていた……ほんの数十分前に体内に放たれたもののようだ。

——木村は、家のなかにいるっ！

そう察したのとほぼ同時に、部屋の襖《ふすま》が横にバンッッと開けられた。出刃包丁《でばぼうちょう》を握り締めた木村浩二が飛びこんでくる。

「このっ、間男がっ」

喚《わめ》きながら、木村が刃物を振りまわす。事務所に相談に訪れたパッとしない大人しい木村とは、まるで別人のような形相《ぎょうそう》で喚《わめ》く。

「これは俺の妻だっ！　マキさんは俺と永遠の愛を誓《ちか》ったんだ！　俺の、俺の子供を産むんだっ」

恩田は吐き気がするほどの憎悪を覚える。目と頭の奥がカッと熱くなる。

木村は槇を妻という名の人形として閉じこめ、衰弱《すいじゃく》しきっても弄《もてあそ》びつづけたのだ。

しかも、自分の息子の部屋で。

恩田は重く据《す》わった目で男を睨《にら》みつけた。

「……お前は誰も愛してない。槇のことも、子供のことも、な」

検察時代の、相手の罪を追及する無慈悲《むじひ》な声で続ける。

「自分の子供が大切ならば、施設にいる我が子を大切にすればいい。結婚詐欺師に高額品を貢げるぐらいなら、子供が欲しいもののひとつも買ってやればいい。槇を監禁したうえでキャバクラ通いをする暇があったら、養護施設に面会に行けばいい」

木村が両手で包丁を持ちなおしながら、しどろもどろに答える。

「ま、マキさんとの結婚生活が、お、落ち着いたら、息子を引き取る、つもりだったんだっ」

「お前が汚しきったこの部屋に、子供を戻すつもりだったのか？」

「……る、さい、うるさいうるさいっっ」

逆上した木村がふたたび飛びかかってきた。

「あんただって、俺と同じだろうがっ」

「――」

恩田の頬は強張《こわば》る。避《よ》けるのが一瞬遅れて、二の腕の外側に痛みを覚えた。ジャケットの布はざっくりと切れていた。

――ああ、そうか。

木村は当てずっぽうで言ったのかもしれないが、その指摘は当たっていた。

恩田は錯乱している木村のなかに、自分と重なる身勝手さを見つけていたのだ。だからこの憎悪は、高みから木村を裁《さば》くものではなく、本当は同族嫌悪に近いものだった。

自分もまた身勝手で、罪深い父親のひとりだ。

ふたたび飛びかかってくる木村を今度は確実にかわして、その眉間に掌底《しょうてい》を叩きこんだ。もんどり打って倒れた男の手から包丁を叩き落として、鼻と顎《あご》に拳《こぶし》を数発入れる。おそらく骨まで損傷したのだろう。木村が鼻と口から血を溢れさせながら蹲《うずくま》る。

木村に対する怒りと自己嫌悪が入り交じる。さらに木村を折檻《せっかん》してやろうとすると、背後から弱々しい声が聞こえてきた。

「も…う、いい」

恩田は振り上げた拳を床にぶつけてから立ち上がった。槇の手足の紐を解《ほど》き、痛々しい身体をシーツにくるんで抱き起こす。

恩田の頬に一瞬こめかみをくっつけてから、槇はぐったりとして意識を失った。

6

恩田が緊急時に重宝《ちょうほう》している医師の診断によれば、槇を保護するのがあと数日遅かったら命の保証はできなかったらしい。酷《ひど》い脱水症状を起こしていた。

槇が意識を取り戻したのは、入院から三日後のことだった。仕事帰りに連日見舞いに訪れていた恩田は、その報告を医師から受けて、急いで個室へと赴《おもむ》いたのだが。

「言っとくけど、俺は助けてくれなんてひと言も言ってないからな」

開口一番に槇が言ったのは、それだった。

恩田は軽く口角を下げて見せて、ベッド横のパイプ椅子に腰を下ろした。

アカサギの仕事のときはずいぶんと甘え上手なくせに、いまここにいる槇は不器用な甘え下手だ。追い詰められたり弱ったりしているときの顔こそが、その人間の本性に近い。

痩せ細った腕を点滴のチューブに繋がれながらも、眼差《まなざ》しで威嚇《いかく》してくる。まるでガリガリの野良猫みたいだ。恩田は自分の表情筋が緩むのを感じる。

「助けたのは、お前にまだまだ訊《き》きたいことがあるからだ」

「なんだよ、訊きたいことって」

「たとえば、貸金庫の中身だ」

「――――」

「なんで、わざわざ偽名で借りてる？　株のトレーディングも、同じ偽名だな」

「あんたには関係ない」

恩田はそれからも毎日、病室に顔を出した。槇の顔色は日増しによくなり、半月ほどで病院食に文句をつけるまでに回復した。

木村の監禁事件について槇は、「俺もいろいろと探られたらまずい腹だし、あんたが顔面骨折させてくれたからいいや」と言って、事件にしないことを選び、慰謝料などもいっさい請求しなかった。それならば、もう何ヶ所か骨折させてやればよかったと恩田は後悔した。

医者から退院の許可が下りたので、七月終わりの土曜日の午後、恩田は槇を自分の車の助手席に乗せて病院の敷地を出た。しばらく車を走らせると、槇が怪訝《けげん》そうに訊いてきた。

「俺のマンション、こっちじゃないけど?」

「事後承諾になったが、お前のマンションは引き払った」

車内にしばし沈黙が落ちたのち、槇がハンドルを横から摑んできた。危うく対向車線に飛び出しそうになる。

「なにをするっ」

「それは俺のセリフだろ。なんだよ、マンション引き払ったって」

「お前の自業自得とはいえ、また今回みたいなトラブルが起こらないとは限らない。それに退院許可は下りたが、体調もまだ万全じゃない。しばらくは私の家で監視されてすごせ」

「嫌だ」

予想どおりの即答拒否だった。

「嫌でも、お前の荷物はすべて私の家に移してある――大切な貸金庫の鍵もな」

もう一度ぐいとハンドルを右に回してから、槇はふてくされた溜め息をついた。

「すぐ出て行くからな」

「もう料理は作ってくれないのか？」

「……あんたをカモにするのはもうやめた。無駄に疲れる」

「それは残念だ」

そう呟いて、実際に自分がいくらか残念がっていることに恩田は気づく。カモとしてすごした時間は、とても贅沢《ぜいたく》なものだった。

——だから、男たちはこいつに嵌《は》まるんだな。

槇の手口はワンパターンではない。相手をしっかり観察して、相手がなにを欲しがっているかを——時には本人すら自覚していないところまで見据《みす》えて、与えてくれる。相手好みの、服装、しゃべり方、料理の味つけ、性的奉仕。

でもそれは、槇圭人であって槇圭人でない、作られた姿だ。

カモにするのをやめたというのならば、素の槇圭人を存分に愉《たの》しむことができる。それも悪くない。

そうして同居生活が始まった。

ファミリー向け3LDKの物件をひとりで使っているから、空間は余っていた。一室は器具を並べたトレーニングルームになっているぐらいだ。槇の家財道具はほとんど一室に収まり、彼はその部屋で寝起きした。

すぐ出て行くと宣言したものの、そこまでの気力と体力は回復していなかったようで、槇は一週間たったいまでも、恩田のマンションにいる。料理は本当にカモ用のスペシャルメニューだったらしい。スナック菓子とビールばかり買ってくる。以前のように、恩田の外食の席にも現れない。

さすがに槇の食生活が心配になってきて、恩田はその土曜の夕方、スーパーへと足を運んで、食材を買いこんだ。そうしてキッチンに立つと、ちょうど出来上がったころに槇が部屋から出てきた。

「お前のぶんもあるから、座れ」

ダイニングテーブルに料理を運びながら声をかけると、槇が呆れ果てた顔をした。

「なんで八月に鍋なんだよ」

「失敗しない料理だからだ」

「それならせめてカレーにしろよ…」

文句を言いながらも、槇は恩田と鍋を囲んだ。食事中、エアコンの温度を二度下げたがふたりとも汗だくになった。

シャワーを浴びてから、リビングのL字型ソファで冷たい缶ビールを並んで飲んでいると、どこからかドーン…ドーン…と花火が上がるくぐもった音が聞こえてきた。すると槇がリモコンでテレビを消した。

ベランダに出たら花火を見られるのかもしれなかったが、ふたりともソファから動かない。隣の槇が目を閉じる。恩田も目を閉じてみた。暗闇のなかで見えない花火が繰り返し開いていく。

その音の狭間で、槇の声がすぐ傍で囁《ささや》いた。吐息が耳にかかる。

「ごちそうさま。うまかった」

花火とは違う音が胸でドンと轟《とどろ》いて、恩田は驚いて目を開けた。

槇はすでに元の距離に戻っていた。そして思い出したように言ってきた。

「明日、行きたいところがあるから、車出してくんない?」

いまさっきの胸部の音はなんだったのかと首をひねりながら、恩田は「ああ」と答えた。


日曜日は、目が痛むほどの快晴だった。どういう風の吹き回しか、ブランチは槇が明太子のパスタと魚介類たっぷりのシーフドサラダを作ってくれた。サラダのドレッシングは和風で、刻まれた紫蘇《しそ》の風味が爽《さわ》やかだった。

正午ごろに、昨日の約束どおり、恩田は車を出した。

初めに指定されたのは東京駅近くにあるビルで、そこには槇の借りている貸金庫サービスが入っていた。槇はひとりで車を降りて、十分ほどで戻ってきた。特になにか持ち出した様子もなくて怪訝に思ったものの、その左手首にはさっきまでしていなかった腕時計が嵌められていた。

ジェラルドジェンタの時計だ。

「——それは、赤坂に貢がせたやつだろう」

槇は質問には答えずに微笑を浮かべ、「次は千歳烏山《ちとせからすやま》」と行く先を指定した。

まるで見せびらかすみたいに男から騙し取ったものを身につけている槇に対して、恩田は無性に苛立ちを掻き立てられた。貸金庫には、ほかの男たちからの貢ぎ物も詰めこまれているのだろう。換金するわけでもなくコレクションしているのは、どういう心理なのか。もしかすると自分に陥落した愚《おろ》かな男たちを思い出して、悦《えつ》に入るためなのだろうか。

「お前の時計の趣味は悪い」

苦い声でくさすと、槇が恩田の視界に入るように左腕を上げた。

「俺がこの時計を指定したわけじゃない」

「お前がねだったんだろう」

「俺は『あなたが大切な人にプレゼントしたいと思う時計が欲しい』って言ったんだ」

「それでバカな男たちは見栄《みえ》を張って、何百万もする時計を詐欺師に渡したわけか」

「……そう。バカな男ばっかりだよ」

呟くように言うと、槇は上体を捻《ねじ》って横のウィンドウへと顔をそむけた。

千歳烏山に入り、槇の指示どおりに右折左折を繰り返して進んでいくと、高い塀で囲まれた建物の前に着いた。ちょっとした幼稚園ぐらいの敷地面積で、建物は校舎のような雰囲気の三階建てだ。

子供たちの声が塀の向こうから響いてくる。

「ここか?」

尋ねると槇が頷《うなず》いて、助手席のドアを開けた。

「塀に沿って左折したところにある駐車場を使っていい」

ひとりで車を降りて、白い鉄格子の門からなかに入って行ってしまう。

恩田は教えられた場所に駐車してから門へと向かった。槇はついてこいとも、ついてくるなとも言わなかった。判断は任せるから好きにしろ、ということなのだろう。

恩田は白い門に手をかけながら、門柱に嵌められた銅板の文字を見る。

『躑躅の家』

槇が八歳から高校卒業までをすごした児童養護施設だった。

本当に、ここは自分が足を踏みこんでもいい場所なのか。逡巡《しゅんじゅん》するが、しかしもし踏みこんでほしくないのなら、槇は今日ひとりでここを訪れたはずだ。

それになによりも恩田自身が、槇がここをなんのために訪れたのかをじかに見て確かめずにはいられなかった。

門のなかに入るや否や、サッカーボールが足元に勢いよく転がってきた。それを追ってきた子供は中学生になったかどうかという年頃の少年だった。ボールを軽く蹴《け》って返してやると、少年が照れ笑いみたいな顔をしてちょっと頭を下げた。その姿に、恩田は息子の姿を重ねてしまう。

日曜の午後ということもあって、施設の庭は子供たちで溢れかえっていた。三、四歳の幼児もいれば、高校生らしき少年少女もいる。

恩田は門を入ってすぐのところに置かれた木製のベンチに腰掛けた。

建物の周辺や塀の内周には低木が植えてある。その葉のかたちは、恩田のマンションに隣接する公園に植えられている躑躅と同じだった。

サッカーボールを追いかけたり鬼ごっこをしたりと無邪気な様子で遊んでいる子供たちがいる反面、ベンチに腰掛けたり躑躅に埋まるようにしゃがみこんだりして、ぼんやりしている子供の姿もちらほらあった。

「あの…」

ふっくらした身体つきの五十代とおぼしき女性が、いつの間にか近くに立っていた。施設の職員だろう。恩田は立ち上がって名刺を相手に渡して身元を明らかにした。

「槇圭人さんに同行して来たのですが」

「あら、圭人くんのお知り合いの方なんですね」

その呼び方や表情から、彼女が槇のことを長く知っているのが伝わってきた。

「もしや、槇の子供のころをご存じですか？」

「ええ、ええ。圭人くんがここに来たときから知ってますよ。いつもニコニコしてる、とても可愛《かわい》くていい子でした。年下の子の面倒もよく見てくれて。いまでも年に何度か顔を出して、子供たちと遊んでくれるんです」

そう言って、彼女は両手で持ったままの恩田の名刺に視線を落とした。丸顔の微笑が薄らぎ、いくらか暗い表情が滲《にじ》んだ。

「なにか、心配事でも？」

水を向けると、躊躇《ためら》うような沈黙ののちに尋ねられた。

「あの、圭人くんはなにか問題でも起こしたんでしょうか？」

弁護士が同伴したので心配になったらしい。

彼女は声のトーンを下げて言葉を続けた。

「実は、圭人くんは毎年、かなりの金額の寄付をしてくれるんです。ここ以外の児童養護施設にもです。本人はあぶく銭《ぜに》だから気にするなって言うんですけどね。でも、もしなにか危ない仕事をしていたらと思うと……本人に訊いても、時給のいい専門職だって言うだけで」

槇が結婚詐欺という問題を起こしたのは事実だ。

しかし養護施設への寄付は、デイトレードで稼いだものであるらしい。

恩田は口角を緩めた。

「槇が寄付しているのは、問題のない金です」

嘘ではない答え方をしておくと、彼女は心底安堵した顔になった。

「そうですか。ああ、本当によかった。よかったです」

庭の片隅からギャーッという子供の泣き声が聞こえてきた。見れば、小学校低学年らしい子供がふたり取っ組み合いをしていた。職員の女性は「あらあら」と呟き、恩田に「どうぞ、ごゆっくりなさっていってくださいね」と頭を下げてから、仲裁《ちゅうさい》をしに子供たちのところへと走って行った。

恩田はふたたびベンチに腰を下ろした。

いまの職員の様子からして、施設内での虐待《ぎゃくたい》などはなかったようだ。

では、槇を犯罪行為を重ねるような人間にしたものは、なんだったのか?

施設に預けられて父親に捨てられたから、という理由だけではないように思われた。哀《かな》しみや寂《さび》しさを、悪意に変換させるきっかけがあったのではないだろうか?

そんなことを考えながら庭を見回した恩田は、槇の姿を見つけた。

躑躅のなかに隠れたいみたいに小さくなって座っている、十歳ぐらいの男の子。槇はその横で地べたに尻をついて座っていた。栗色の髪に隠されて表情は見えないが、子供の顔を覗きこみながらなにかをしゃべりかけている。

子供はうつろな顔で槇を見上げながら、ときおりカクンと首を折るように頷《うなず》く。しばらくすると、細い腕で目をゴシゴシと擦《こす》りだした。

槇が子供の頭を撫《な》でる。

それから、左手首のジェラルドジェンタの時計を外して、子供の左手首に嵌めた。男の子はびっくりした顔でそれを眺めていたが、槇がなにかを語りかけると、ふいに顔をくしゃくしゃにした。大粒の涙を零《こぼ》しながら――笑顔になる。

子供はしばらく時計を眺めたり両手でくるんだりしたあと、槇に返した。

槇と子供は小指を絡めて、指切りげんまんをした。

「――あの子は、赤坂の子供か」

恩田はすべてを理解した。

槇が男たちに貢がせるときに使うのだというセリフ。

『あなたが大切な人にプレゼントしたいと思う時計が欲しい』

大切な人――それは槇のことではなく、彼らの息子を指していたのだ。

父親たちは槇を通して、息子へのプレゼントを差し出させられていたわけだ。

槇がどうして数百万もする腕時計を質屋に流すことなく貸金庫に保管していたのかが、ようやくわかった。

槇はいったん恩田のところに来て「預かってて」と腕時計を手渡すと、それからたっぷり三時間ほども子供たちと遊んだ。

空に夕焼けの色が滲《にじ》むなか、槇がこちらに駆け戻ってくる。

その顔は、子供たちに染められたのか、あるいはここで暮らしていたころのものなのか、ニコニコしていて……とても可愛く見えた。弾んだ息で言ってくる。

「帰ろ」

「……」

恩田はベンチに座ったまま、無言で槇を見上げた。

そんなことは不可能だが、子供のころの槇をこんなふうに迎えに来て、家に連れて帰ってやりたくなっていた。息子の琢に対する気持ちと、子供時代の槇に対する感情が混ざり合って、やる瀬ない。

「そうだな。帰ろう」

自然と、優しい声が出た。

槇を車の助手席に乗せて、ポケットに入れておいた腕時計を返す。

「家の前に、貸金庫だな？」

「え、あ、うん」

東京駅方面へと向かいながら尋ねる。

「溜めこんでる時計は、子供たちが施設を出るときにでも渡す約束なのか？」

「施設でガキがこんなの持ってるわけにいかないから預かってるだけだ」

なぜか悪いことを見つかったみたいな、少し決まり悪そうな答え方だった。

恩田はしばし沈黙してから、ずっと考えていたことを自嘲《じちょう》ぎみに口にした。

「私は、お前の父親と大差ないな」

仕事だけにしか目が向かない自分自身に疑問をいだかず、子供が父親を必要としているときに正しく手を差し出せなかった。

もしかすると、血が繋がっているということに、無意識のうちに甘えていたのかもしれない。だからこそ、妻の再婚が決まっていざ息子と二度と会わないようにと告げられたとき、我を失ったのではなかったか。

「お前にも八つ当たりして、犯罪行為をした——すまなかった」

思えば、強姦したことに対する初めての謝罪だった。

槇が噴き出した。

「いまさらそんなこと謝るなよ。バカじゃねぇの」

ひとしきり笑ったのちに、呟く。

「安心しろ。あんたと、うちの親父は、全然違う。あいつは本物の犯罪者だ」

7

「マキちゃん、さすが第一線でアカサギをしてただけのことはあるね。調査能力、半端ないわぁ」

安藤がノートパソコンでデータをチェックしながら、無精髭の生えた顎を満足げに親指で撫でる。

「恩田先生から薦《すす》められたときは正直どーかと思ったんだけどさ」

恩田によって、殺風景なアンドゥ興信所に連れてこられたのは一ヶ月前のことだった。興信所の人手が足りなくて困っている安藤を手伝うように言われたのだ。

引っ越すのが面倒でずるずると恩田のマンションに住み着いてしまっている手前、しぶしぶ働いてみたのだが、隠し撮りも尾行も聞き込みもこれまでやり慣れていただけに、探偵業務は初めから仕事のコツが手に取るようにわかった。

まさか詐欺師のスキルがこんなところで活《い》きるとは思わなかった。

しかも半グレ上がりの安藤は、裏の話がすんなりと通じて付き合いやすい。逆に言えば、半グレ上がりだからこそ槇のような人間でも雇いたがってくれるわけだ。

デイトレードに専念したほうが桁違いに儲かるのだが、槇はとりあえずもう少しのあいだ、興信所の仕事を手伝うことにした。

今日は浮気の素行調査を終えて零時すぎに帰宅すると、恩田がカレーを作ってくれていた。初めての鍋のときに「カレーにしろよ」と言ったのを根に持っているのか、あれから週末ごとに恩田はカレーを作る。

本当に料理をまったくやってこなかったようで、初めてのカレーは具材に火が通っていなくて、シャリシャリした食感だった。それがいまや隠し味まで投入するようになり、しっかりとおいしい。

そもそも失敗しない料理の代表格なのだからおいしくできて当たり前なのだが、槇は恩田の作るカレーをことさらにうまいと感じる。

「安藤が大助かりだと喜んでる」

ダイニングテーブルでカレーを食べる槇の向かいの椅子に座った恩田の顔は、嬉しそうだ。普段は鋼鉄の表情筋をしているだけに、わずかな緩みにも槇は甘やかな感情を刺激される。

……それは心地の悪い、嫌な感覚だ。

どうしてカレーにしろ、などと言ってしまったのか。

こんなふうに手作りカレーを食べていると、父親を思い出す。屑《くず》の犯罪者だ。屑の犯罪者が唯一作れるまともな料理はカレーで、子供の自分はそれをおいしいおいしいとありがたがって食べていた。反吐《へど》が出るほど、愚《おろ》かなガキだ。

槇は今日も、うまいのうの字も口にしないまま食事を終えた。鍋のときには言えた感謝を籠《こ》めた褒《ほ》め言葉が、言えない。

ごちそうさまと呟いて、使い終わった食器を片付けようと立ち上がると、恩田も椅子から腰を上げた。近づいてくる。

なにかと思ったら、口の右端を強い親指でぐいと拭われた。カレーがついていたらしい。黄色く染まった指を恩田が眺める。

槇は苦笑して、「舐《な》めれば?」とからかいながら、皿をシンクに移した。

振り返ると、恩田が親指に舌を這わせていた。

「――」

腰のあたりの肌がぞわりとして、槇はオープンキッチンの縁を摑んだ。舌がゆっくりと蠢く。恩田が伏せていた目を上げた。

「まだついてる」

「…え？」

一歩で距離を縮めた大きな身体が被さってくる。

肩を摑まれた。斜めに傾《かたむ》けられた男の顔が近づく。口の端を舐められた。ゆっくりと、二回三回と舐め上げられる。

もしいま、槇が顔を少し右側にずらせば、恩田はきっとそのままキスをするのだろう。そしてセックスまでする。

そうなることが、はっきりとわかった。

身体中に痺れが拡がっていく。下腹の茎に熱が絡みつく。身体が期待を示すから、槇は自分が恩田とセックスしたがっていたのだと知る。

ただのセックスだ。愉しめばいい。

しかし、槇の顔は左側へとずれた。舌が離れる。そのまま、恩田の身体も離れた。

無言のまま、槇はバスルームに向かった。頭から冷たいシャワーを浴びたい。慌《あわ》ただしく服を脱いで、チノパンごと下着を引きずり下ろした。

硬い棒が弾み出る。

「……」

自覚を越えた欲望を見せつけられて、槇は愕然《がくぜん》とする。

木村に監禁されて一方的に弄ばれたとき、それは一度たりとも反応を示さなかった。命の危機を覚えるなかで犯されつづける体験は、本能レベルのダメージを残していたらしい。この二ヶ月ほど性的興奮を覚えることはなかった。

それなのにいま、真っ赤な亀頭が期待を裏切られた怨嗟《えんさ》に、こちらを睨みつけながら涙を零《こぼ》していた。

興信所で調査報告書を作っていると、安藤が出先から戻ってきた。

「あれ、まだいたのか」

すでに時計は夜の一時を大きく回っていた。

「報告書が終わらなくて」

「ふーん？　もう終電ないだろ」

「駅前のネカフェに行きます」

安藤が横のパイプ椅子に座り、机に頰杖をついて槇の顔を覗《のぞ》きこんできた。

「マキちゃん、昨日の夜はどこ行ってた？　七時に仕事上がったあと。恩田さんとこに帰らなかっただろ」

槇はノートパソコンに文字を打ちつづけながら答える。

「帰りましたけど」

「夜中の一時にな。空白の六時間。どこでなにしてた」

「適当に食事して酒飲んでました」

嘘はついていない。横に男がいただけで。

槇はいま、ふたりのカモを手玉に取っている。興信所の仕事の片手間で扱える簡単な男たちだ。

「どうして、そんなことを訊くんですか?」

「今日、仕事で顔合わせたとき、恩田先生がここんとこマキちゃんが午前様続きなのをどうにかしろってクレームつけてきたんだよ」

「そうですか。それで安藤さんは、なんて答えたんですか?」

「検討するって答えておいた」

キーボードを打つ手を止めて、槇はにこやかに微笑した。

「これからもその方向でお願いします」

「恩田先生に隠したいようなことをしてるのか」

「俺にだってフリーの時間は必要ですよ」

安藤の探る視線が鬱陶《うっとう》しくて、作りかけの書類を保存してノートパソコンを閉じた。立ち上がる。

「続きは朝来てからやります」

「マキちゃんさぁ」

安藤が上目遣いで見上げてきた。目に力を入れないまま睨まれていた。

「恩田先生に迷惑かけたら、許さないよ?」

「……」

「あの人は仲間うちのトラブルでまずいことになってた俺を助けてくれた恩人だ。ここを立ち上げるときに資金援助して保証人になってくれた。だから、マキちゃんが恩田先生につきまとうようになって心配してた。それで、いろいろ調べさせてもらったけど、マキちゃんは恐いね」

「──恐い?」

「人を痛めつけるのがうますぎる。昔の俺みたいに、ただ感情に任せて相手を攻撃するのとは訳が違う。拳なんて使わないで、骨まで溶かしてボロボロにする。そんなの、どこで習ったのさ?」

槇は目を細めた。

「さあ? 天性の魔性ってやつですか」

呆れ顔の安藤を置いて、部屋を出る。興信所の入っているマンションから出て、駅のほうへと歩きながら、カモ二匹にスマホからメールをした。送った傍から返信がくる。

「骨まで溶かして、ボロボロに、か」

槇は時計を吐き出させ終えたカモが、その後どうなったかを知らない。興味もなかったが、あの安藤の口ぶりだと破滅した者が多くいるのかもしれない。

「ふ…」

カモたちからのメールに目を通しながら、槇は喉を震わせる。

男が男の結婚詐欺師に騙されるなど、笑うしかない。実の子供を簡単に捨てた父親たちが、血も繋がらない男を養子縁組しようと躍起《やっき》になる。そしてバカみたいに高い時計を貢がせられて、捨てられ、もがき苦しむ。

こんなに爽快で満たされることはほかにない。

やはり、自分の一番の天職は詐欺なのだ。

成り行きで恩田と住むことになり、安藤のところで仕事をして、うっかりまともな生活を送ったせいで、この充足感を忘れそうになった。

槇はネットカフェの個室に入ると、パソコンで賃貸住宅サイトを開いた。内見の予約をいくつか入れてから、リクライニングチェアを倒して目を瞑《つぶ》った。


紫がかったピンク色の花が咲いている。たくさん咲いている。薄曇《うすぐも》りで空は濁《にご》っているけれども、躑躅の花は蛍光ペンで塗ったみたいに鮮やかだ。

二階にある四人部屋の窓枠に両肘をついて、圭人は弾む気持ちで児童養護施設『躑躅の家』の庭を見下ろしていた。

今日は、待ちに待った外泊許可の日だ。もうすぐ父さんが迎えに来る。きっと、今晩はカレーライスを作ってもらえる。父さんのカレーライスは世界で一番おいしい。母さんのよりおいしい。母さんは、七歳の誕生日の次の日にいなくなった。母さんの話をすると父さんが叩くから、母さんのことは言わないようにした。母さんは前からよく何日もいなくなることがあったから、そのうち帰ってくるんだと思ってたのに、ずっと帰ってこなかった。

父さんは働きにいかないといけなくて小さい子供の面倒を見られない。それで去年、圭人をここに預けた。面会日にも来てくれないことが多くてあまり会えないけれども、寂しいときは父さんと一緒に撮った写真を見る。ずっとずっと見る。そうすると写真のなかに入れて、父さんと一緒にいられる。

「あっ」

　畳床から腰を浮かせて、窓から上半身を突き出す。

　白い門が開いて、背の高いスーツ姿の大人が躑躅の庭に入ってくる。父さんだ。部屋を飛び出して、転びそうになりながら階段を駆け下りた。

　スマホのアラーム音で目が覚める。

　無性に頭が重くて痛い。内容は覚えていないが、とても嫌な夢を見た気がする。最近、こんな朝が多い。

　有料シャワーを使ってからネットカフェを出る。コンビニで缶コーヒーとサンドイッチを買って、職場に向かう。興信所は1LDKの間取りで、リビングダイニングが事務所、奥の部屋は安藤が寝起きする私室となっている。まだ八時前だから、熟睡中だろう。起こさないように合鍵で職場に入った。報告書を仕上げた九時半ごろに、安藤が起きてくる。今日は十時から調査報告を聞きにクライアントが来ることになっている。

「マキちゃんがメインで調べたケースだからな。横にいな」

　よくある浮気調査だったが、依頼主は夫だった。安藤によると、最近は妻の浮気を調査する依頼が激増しているらしい。たいていの夫は平日は働いているため、今日みたいに土曜日に興信所を訪れることが多い。

今回の依頼は、頻繁に朝帰りをする妻の素行調査をしてほしいというもので、調べるのもバカらしくなるほどの真っ黒ぶりだった。尾行調査一日目にして昼間から男とホテルに入ったのだ。三日目には別の男とデートを愉しみ、夜は女友達と居酒屋で大騒ぎした。槇はその近くの席に座り、話の内容をチェックした。さすがに浮気の話はしていなかったが、しきりに「子供さえいなかったら離婚するのにー」というセリフを繰り返していた。

調査報告を聞かされた夫は憤りに顔を赤くして、妻と同じセリフを口にした。

槇は今朝の頭痛がぶり返してきて、クライアントが帰ってから鎮痛剤を買いに出た。その道すがら、スマホにメールが着信した。不動産会社からで、問い合わせ物件の内見日時についてのものだった。

――俺は、恩田さんから離れるのか……。

現実でないような、奇妙な感覚に襲《おそ》われた。

すでに三ヶ月近く恩田のマンションで暮らしている。いつの間にか、それが自然なことになり、日常になっていたのだろうか。

恩田の家を出るのは自分で選択したことなのに、八歳のころに自宅から引き剝がされたときのつらさが甦ってきていた。

午後は尾行調査を終えてから、カモと食事をした。このカモは大人しそうに見えて意外と図々《ずうずう》しく、車をホテルの駐車場に入れた。部屋に行くのはやんわりと拒絶したが、車内でキスをされて、性器を手と口で愛撫《あいぶ》された。頭痛が酷くて、いなすのも面倒でしばらく好きにさせたが、わずかな快楽も生まれなかった。

　それでも男は興奮による酩酊《めいてい》状態に陥り、何度も愛してると囁いた。

　槇は定番のセリフで時計をねだってから男と別れて通りすがりのバーに入り、アルコールで口を消毒したのちに職場へと戻った。

　アンドゥ興信所の玄関で靴を脱いでいると、奥から足音が近づいてきた。

「もう十一時だぞ」

　ノイズが混じったような低い声に、槇は腰を折ったまま動きを止めた。俯いたままのろりと視線だけ上げると、恩田が目の前に立ち塞《ふさ》がっていた。暗い玄関では表情が見えないが、不機嫌なのはピリピリした空気から伝わってくる。

「帰るぞ」

「……、まだ仕事がある」

「安藤には連れて帰ると言ってある」

　反論するより先に、恩田が靴を履《は》いて、槇の肘を掴んで玄関から出た。まだ頭痛が残っていることもあって、槇は抗《あらが》わずに車の助手席に突っこまれて恩田の家へと運ばれた。

　マンションに戻ると、すでにカレーができていた。

　今日が土曜日だったことを改めて思い出す。

　ふたりで向かい合って、黙々とカレーを食べる。食べ終わってから、槇は乱暴に口元を手の甲で拭った。思えば、三週間前に口元の汚れを舐められてから、なにかがおかしくなったのだ。内容を思い出せない嫌な夢を見て頭痛に苛《さいな》まれるようになったのも、その頃からだった。

立ち上がってシンクに食器を入れると、恩田も腕を伸ばして食器をそこに入れた。至近距離で唇を見られた。カレーの汚れがついていないのを見せつけてやる。それなのに、恩田が顔を寄せてきた。

唇を正面から圧《お》されて、槇は目を見開く。

顔を逸《そ》らそうとすると項をがっちりと摑まれた。唇に唇が痛いほど擦りつけられる。今日のカレーはいつもよりずいぶんと辛くて、ヒリつく唇は互いに熱かった。粘膜じみた質感になったそこを捏《こ》ねられて、足腰が震える。頭の芯がじくじくと蕩《とろ》けだす。

恩田に押されてダイニングテーブルにぶつかった。天板に座らされる。足の裏が床から離れて、開かされた腿《もも》のあいだに恩田が腰を入れてくる。

口のなかに入ってこようとする舌に嚙みつくと、恩田の顔が離れた。

「あんたとは、もうやらない」

「ここは、したがってるようだが？」

細身のパンツのフロントを掌で押さえつけられて、槇はテーブルから垂れている脚を強張《こわば》らせた。ファスナーの金具が腫《は》れた性器に食いこんでいた。その金具を指先でなぞられていく。何度めかなぞったときに、ファスナーが開かれた。下着の淫《みだ》らに盛り上がったカップが露出する。そこを手指で揉《も》みこまれて、槇の呼吸は跳ね上がる。

「犯罪行為を、したって、謝ったのは、誰だよっ」

ボクサーブリーフの前の合わせから、反《そ》り返ったものを無理やり引っ張り出される。

「これは奉仕だ」

「……は？」

「今日は私が奉仕をしてやろう」

男の手指の筒《つつ》に陰茎を拘束される。恩田が身体を下にずらす。その口がペニスの先に近づけられるのを目にして、槇は腰を大きくよじった。

「な、なんなんだよ。なんで、こんな」

「――なんで、だと？」

驚くほど低い声で恩田が呟いた。吐息が濡れそぼった亀頭にかかる。

黒い目が下から槇の顔を凝視した。

「ほかのカモにもやらせたことだ。私にもする権利がある」

「え…」

「ホテルの駐車場で、男にしゃぶらせたそうだな」

背筋が震えた。

恩田は今夜のことを知っているのだ。しかし、どうして知っているのか――。

「まさか、安藤さんに」

「気が進まないようだったが、安藤はプロだ。しっかり映像つきで報告してくれた」

「………」

愕然としている槇の視界のなか、大きな口が開いた。丸ごと亀頭を含まれて、槇は男の髪を両手で摑んだ。髪が抜けそうなほど引っ張ると、恩田が括れの部分に歯を立てた。

「う…ぅ」

歯を立てたまま、口のなかで舌が先端を舐め上げる。小さな孔《あな》を嬲《なぶ》られて、槇の身体は震えた。

これまでも何人もの男に咥《くわ》えさせてきた。恩田はそれと同じことをしているだけだ。それなのに、恩田の口に自分のものが入っているのを目にするだけで、心臓が凄まじい速さで波打つ。舐められるたびに、脚がビクビクと跳ねる。

「い——や、だ」

髪を引っ張る手指にまで痺れが回って、退《しりぞ》けたいのか抱えこんでいるのかわからなくなる。恩田の顔が下腹に近づいてくる。茎の見えている部分が短くなっていく。

「は…ぁ、あ、ぁ」

男の深い口に根元まで含まれて、槇の上体はぐにゃりと縒《よ》れた。後ろ手をついたが身体を支えられなくて、ダイニングテーブルに仰向けに倒れる。

両脚を持ち上げられて広い肩に乗せられる。

恩田の口のなかで、ペニスの表面がどんどん張り詰めていく。硬い芯の中枢が、蕩けだす。

槇は丸く口を開いた。コントロールのしようもなく呼吸が速くなる。喉《のど》を伸ばして大きく仰向くと、ソファの向こう側に窓が見えた。カーテンを閉めていないから、明るい部屋の様子が映っている。

ダイニングテーブルに仰向けになっている自分が、こちらを見上げていた。自分の下腹に顔を埋めている恩田の様子も反射している。

槇にとっても日常の背景となっていた部屋のなかで、日常とはかけ離れた快楽に陥落させられる。

テーブルの縁をきつく握る。男の肩にかけられた脚が大きく跳ねた。

「あ――、っ…ぁぁ…」

蕩け出た白濁は大量だった。槇の脚を肩から下ろして、恩田が上体を起こす。

嚥下《えんげ》する音に、槇は顎を引いて恩田を見た。

唇から、とろつく白い粘液が垂れている。飲みにくそうに喉仏が何度も蠢く。

「今日会ってた男にも飲んでもらったのか?」

詰問《きつもん》されて、槇は乱れきった息を抑えこみ、唇の片端を上げた。

「飲ませた」

嘘で煽る。

「おいしいおいしいって喜んでた」

恩田が大きく舌なめずりして、唇に付着していた白濁を舐め取った。

「確かに、うまい」

「――」

「毎日でも飲みたいぐらいだ」

また、煽るつもりが煽り返された。こめかみの血管が膨らむのを感じる。槇は乱暴な動きで上体を起こし、まだ半勃《はんだ》ちの茎を下着のなかに押しこんだ。恩田を睨みつける。

「興信所の仕事はやめる」

「やめて、結婚詐欺師に専念するつもりか」

「ああ。俺の天職だ。気に食わないなら、警察にでもなんでも突き出せばいい。まぁ、男のくせに男の結婚詐欺師に引っ掛かったなんてマヌケな告訴をする奴なんていないだろうけどな」

鼻で嗤《わら》って居直る。

沈黙が落ち――ふいに、短いメロディが鳴った。槇の携帯メールの着信音だ。恩田が腰に手を伸ばしてきた。パンツのバックポケットに入れてあるスマホを抜かれた。

取り返そうと伸ばした手を掴まれて、捻じられた。床に身体が落下する。俯せになった背を膝で押されて身動きが取れなくなる。

「『仕事』用の新しい携帯か。指紋認証だな」

右手の親指を無理やりスマホの下部に押しつけられる。

「っ」

「メールか――」

内容を確認した恩田が黙りこくった。

カモからのメールだろう。別に見られたところで、どうということはない。むしろ恩田がどんな反応をするか楽しみだ。

しかしいつまでたっても、恩田は言葉を発しない。訝《いぶか》しく思って背後を見た槇は寒気を覚えた。

つや消しをかけたような黒い目が、こちらを見下ろしていた。

「なん、だよ」

「出て行くつもりか」

「……え？」

「そのための内見だろう」

着信したメールは、カモからのものではなく、不動産会社からのものだったのだ。

別に、そちらのメールも見られて困るようなものではない。成り行きで一時的にここに住むことになっただけで、いつか出て行くのは当然だった。すでに長く居すぎたぐらいだ。

それなのに、恩田はひどく怒っているように見える。膝に体重がかけられて、背骨をゴリゴリと圧迫される。

「痛い——ッ」

訴えると、いくらか重さが引いた。しかし完全にどいてはもらえない。

恩田が槇のスマホで電話をかける。カモか不動産屋にかけたのかと思ったが。

「安藤か。私だ……ああ、槇の携帯からかけてる。このあいだ言ってたアレを買って、私の自宅に届けてくれ。……そうだ。いますぐだ。サイズはMでいい」

通話を終えたあとも、恩田は槇の背に膝を乗せたまま、長いことスマートフォンを操作していた。どうやらカモたちとのメールをチェックしているらしい。

「いまは、ふたりか」

「余裕だから、もうひとりふたり追加する予定」

フローリングの床に頬を当てたまま、槇は不遜《ふそん》に笑ってみせた。

「ノンケのはずの男が、俺には落ちるの。魔性ってやつ？」

恩田が上体を丸めて、顔を覗きこんできた。目を鼻を眉を唇を見られる。

「そうだな。私も落とされた」

あまりにも平坦な声だったから、その内容をすぐに理解することができなかった。視線が重なっ

たまま数秒がすぎてから、床に密着している心臓がゴトリと鳴った。頰が引き攣《ひっ》る。

「――あんたが、落ちるわけないだろ」

恩田は肯定も否定もしなかった。ただ、わずかに目の輪郭を歪めた。

それから三十分ほども、槇は床に這《は》いつくばらされたままだった。みぞおちの裏の背骨から下は、男の体重で神経を圧迫されているせいで痺れ、感覚が薄くなっていた。

もしかするとこのまま歩けなくさせる気なのかと疑いだしたころ、インターフォンが鳴った。ようやく恩田の膝《ひざ》が上げられる。解放されたものの、下肢は痺れたままで槇は立ち上がることができなかった。まるで長時間の正座で痺れたときのようだ。なかば這いずるようにしてソファまで行って、腕で身体を引き上げて腰掛けた。

しばらくすると、安藤がショッキングピンクの紙袋を片手に部屋に入ってきた。

「例の新宿の店に寄って買ってきましたけど。恩田先生、本気ですか？　――おっと、マキちゃんだ」

安藤が咄嗟《とっさ》に紙袋を背後に隠す。恩田がそれを取り上げた。

「けっこう重さがあるな」

「まぁ頑丈《がんじょう》な鉄製ですからね」

会話をしながら、ふたりが槇を見る。

いったい袋の中身はなんなのか。逃げたほうがいい予感はするのだが、いまだに脚の感覚が元に戻っていない。

「ここで着けます？」

「いや、寝室のほうがいいだろう。立てないようだから、手を貸してやってくれ」

恩田の言葉に安藤が苦笑いする。

「まさか足腰立たなくなるほどヤっちゃったんですか？」

「まだしてない」

どうやら恩田と槇との性的な関係を、安藤は知らされていたらしい。

立ち上がらせようとする安藤の手を払い退けたものの、肘と手首を摑まれて背中で捻じ上げられて、寝室まで覚束《おぼつか》ない足取りで歩かされた。睨む槇に安藤がおどけたように言う。

「こらこら。俺たちがマキちゃんに、酷いことするわけないだろ？　リラックスリラーックス」

いつも恩田が使っている、セミダブルのベッドがふたつ入った寝室に連れこまれる。窓際のベッドに放り投げられた。

「先生じゃ着け方わかりませんよね？　俺がやりましょうか」

「ああ、頼む」

「それじゃ、ちょっと失礼」

ベッドに両膝を乗せた安藤の手が、槇のパンツのベルトにかかる。やはり、ろくでもないことをしようとしているのだ。ベッドを下りて逃げようとする槇に、恩田が羽交《はが》い締めをかけた。恩田に凭《もた》れかかるかたちでベッドに座らされる。

安藤を蹴ろうとするが、脚に力が入りきらない。ベルトを抜かれて、パンツを膝まで引きずり下ろされた。下着のカップ部分に触りながら、安藤が指摘する。

「やっぱり、ヤったんじゃないですか。染みになってる」

「私が奉仕してやっただけだ」

「奉仕って、口で?」

「ああ」

「うわ。なまなましーな」

ボクサーブリーフも膝まで下ろされた。

安藤が露わになった陰茎を掌で掬《すく》って、ためつすがめつする。

「マキちゃん、けっこうデカいんだ。サイズ、Mだとすぐにつらくなると思いますけど」

「そうか? 普通サイズだろう」

「それ、恩田先生基準でしょ」

大丈夫かなぁと言いながら、安藤が袋を開いて逆さまにした。ベッドカバーのうえに、鉄製のリングがいくつも連なった奇《き》っ怪《かい》な形状のものが落ちた。

「その変なの、なんだ?」

もがきながら鋭い声で問うと、安藤がその器具を手に取って槙の下腹部へと寄せた。

筒状に連なったリングのなかに陰茎を通される。双嚢《そうのう》ごと茎の付け根に、直径の大きい輪をカチリと嵌められた。小さな南京錠《なんきんじょう》が取りつけられて、鍵をかけられる。

「はい、終了。ほら、痛くも恐くもなかっただろ」

「――――外せよ」

「貞操帯なんだから、着けてないと意味ないって」

「っ、なんで俺がこんなもんを着けられなきゃならないんだ。早く外せ!」

怒鳴《どな》ると、恩田が羽交い締めを解いた。槇は自身の下肢に手をやり、鉄の貞操帯を外そうとした。しかし、付け根のリングに双嚢が食いこんで、どうやっても外せない。南京錠を開けないと着脱できない仕組みらしい。

恩田が背後から手を伸ばして、肋骨みたいな鉄の輪に封じられたペニスを握って先端を持ち上げた。

「排泄《はいせつ》はできるように、先端は小さく開いているのか」

「プラスチック製のもあるけど、やっぱり鉄製のほうがレトロでインパクトありますよね。こんなの着けてたら、さすがのカモたちも手ぇ出せませんよ。服のうえから触っただけでドン引き間違いなし」

「少なくとも、これで舐められなくなった」

ふたりの勝手な会話に、装着された理由を察する。

「……俺の仕事を邪魔するためか」

「マキちゃんは筋がいいから、うちの仕事のほうに専念してもらいたいんだ」

安藤が小さな鍵を恩田に手渡す。

「恩田先生にしっかり管理してもらうといいよ」

「冗談じゃ、……ない」

貞操帯越しに、恩田の手が扱《しご》く動きを繰り返していた。じかに触れられていないのに、茎に血が集まりだす。しかしいくつものリングに膨張《ぼうちょう》を阻まれる。むず痒《かゆ》いような圧迫感に頭の芯が爛《ただ》れていく。

呼吸を乱す槇を見下ろして、安藤が溜め息をついた。

「本当にマキちゃんは恐いね。冷徹《れいてつ》人間の恩田先生にここまでさせるんだからさ」

続けて、恩田に忠告する。

「調教は壊さない程度にしてくださいよ」

「善処する」

心配だなぁとぼやきながら、安藤は退散していった。寝室で恩田とふたりきりになる。

「……これの、鍵――あッ」

ペニスを軽く平手打ちされて、槇は身体を引き攣らせた。また叩かれる。鉄のリングが食いこむ。

掌と手の甲で交互に叩かれていく。茎が根元から左右に揺れる。

「や…ぁ、き、つい……」

「叩かれて勃《た》つのか」

「そんな、趣味、あるかよ、っ」

「濡れているが？」

貞操帯の先端を、恩田の親指が拭う仕草をする。本当に、先走りが漏れていた。

また叩かれる。

「もう一度、私に飲んでほしいのか？」

ほんの一時間ほど前にダイニングテーブルのうえでフェラチオされたときの体感が甦ってくる。

強烈な誘惑を、槇は振り払う。

恩田の手から逃れて、下着とパンツを引き上げる。下着のなかに金属があるのは異様な感触だった。恩田から離れて立ち上がったものの、腰がみっともなく引けてしまう。

「こんなオモチャで俺が従うと思うのか」

鍵の入った拳を恩田が軽く振る。

「それなら、この鍵は捨てるか」

「——頭、おかしいだろ。そんなに俺を裁きたいのかよ」

「裁く？」

「あんたは元検事だ。俺みたいな犯罪者は許せないから、こうして罰して、無理やり詐欺をやめさせようとしてる」

「私は弁護士で、現在進行形のクライアントの利益に沿うだけだ。木村もすでに私の客ではないから、お前を罰する必要などない」

「なら、なんでここまでするんだよ」

苛立ちながら言い返すと、恩田の眉間に皺が刻まれた。

「理由なら、さっき言っただろう」

おかしな器具を嵌められているせいか、頭が回らない。なにか重大なことを告げられた気もするが、思い出せなかった。

槙はバスルームに籠もって、なんとか器具を自力で外せないかと試みた。ソープで付け根のリングの滑りをよくしてみたが、徒労に終わる。

風呂から出ると恩田にふたたび寝室に連れて行かれた。

「今日からはここで寝ろ」

寝室のなかは、さっきと様子が違っていた。

二台のベッドのあいだにあったナイトテーブルが脇に寄せられて、セミダブルがふたつぴったりとつけられていた。

「──俺はあんたの奥さんじゃない」

「当たり前だ。お前は妻でも息子でもない」

それなら、俺はあんたのなんなんだよ？

問いただしかけて、やめた。そんな痴話喧嘩《ちわげんか》じみたセリフなど口が裂《さ》けても言いたくない。

いつも恩田が寝ている窓際のベッドに強引に寝かせられた。明かりが消されて、横のベッドに人が入るのを槇は背中で感じ取る。

手を出してくる気かと身体を強張らせたが、恩田は反対側を向いて横になったらしかった。背中同士が重なる。

「……」

暗闇のなかで、背中に恩田を感じていたら、ふいに思い出した。

『そうだな。私も落とされた』

いつもいつも、煽ろうとするたびに倍返しをされる。きっとあの告白も、売り言葉に買い言葉だったに違いない。深い意味などない。

眠りについたのか、恩田が凭《もた》れかかるように体重をかけてきた。

鉄のリングのなかで、性器が身をくねらせた。

8

施設の庭を囲んで、終わりかけの花が咲いている。七回目の躑躅の花だ。

中学二年になった圭人は、年下の子供たちによく懐《なつ》かれている。面倒見がいいと、職員たちからの評判もすこぶるいい。

本当は、自分のことで頭がいっぱいで、ほかの子供のことを考えている余裕などない。それでもいい子に徹《てっ》しているのは、職員からその話を聞いた父が嬉しそうな顔をしてくれるからだ。それだけだ。

学校の友達は反抗期に突入して、親への不満を捲したてる。しかし圭人は誰にも父親の悪いところを言わない。そんなことをしたら、いつまでたっても一緒に暮らせるようにならないからだ。

男手ひとつで働きながら子供の面倒を見るのは無理だからと、圭人は施設に預けられた。でも、もう十四歳で、たいていのことはひとりでできる。家事をして、父親を支えることもできる。だから、いい子にして、父親が一緒に家で暮らそうと言ってくれるのを待っている。今日の外泊許可では、もしかするとその話が出るかもしれないと、期待に胸を膨らませていた。

白い門を開けて、父が入ってくるのが見えた。

ここのところ忙しくて面会日にも来られなかったから、父の姿を見るのは半年ぶりだ。今日はいつもと違って、ワイシャツの色が薄いピンク色だ。表情にも張りがあって、若返ったように見える。

表現は間違っているのだろうが、白馬の王子様が迎えに来てくれたような高揚感を、圭人は覚える。鏡を覗いて髪を整えてから、はやる気持ちを抑えて落ち着いた足取りで階段を下りて父を出迎えた。

父はいつになく快活に職員たちと会話をしてから、圭人を連れて門を出た。駐車場には新車が駐められていた。その助手席に乗って、圭人は夢見心地になる。

着いた先は自宅ではなく、高級そうなホテルだった。父は特別に奮発してみたと言ったが、圭人は自宅で父の手作りカレーを食べたいと思った。思っただけで、父親には言わなかったけれども。

早めの夕食を終えて、ホテルの部屋に入る。

なぜかダブルベッドがひとつだけある部屋だった。父はしばらくテレビを観たあと、煙草《たばこ》を買ってくると言ってソファから立ち上がった。そして、なにか奇妙な目で息子を見下ろした。

「十四になったんだったな？」

確認されて頷くと、父は何度も頷いた。そして「じゃあな」と言って部屋を出て行った。

それから十五分ほどしてから、ドアをノックする音が聞こえた。父が戻ってきたのだ。圭人は急いでオートロックのドアを開けた——。


肩を軽く揺すられて目を開く。開いたとたん、カーテンの隙間から漏れた陽光に目の奥を錐《きり》のように刺された。いや、目の奥だけではない。頭全体だ。痛みに吐き気までする。

恩田が眉間を曇らせながら、覗きこんでくる。

「頭痛か？」

「……なんでもない」

なんでもないと言うのに、上体を起こした恩田が額に掌を載せてくる。

「熱はないようだな」

そのまま、額を撫でられる。

「どういう夢を見てたんだ」

「――夢？」

そういえば、なにか夢を見ていたような気がするが、思い出せない。

「いつも、つらそうな寝顔だ」

知らないうちに弱みを晒《さら》してしまったらしいことに、槇は腹立ちを覚える。

「あんたのせいだ。あんたといると、嫌な夢を見て頭が痛くなる」

「なにが、そんなにつらい」

「……知るかよ」

恩田の手を払い退けて起き上がると、下肢に冷たい重みを感じた。

一週間前に貞操帯を装着されてから、まだ一度も外してもらっていない。一応、排泄はできるし、リング状だから内部に湯を通して洗浄することはできる。しかし少しでも勃起すると、すぐに根元から先端までいくつものリングが茎に食いこんでくるのだ。いまも、朝勃ちのそれは締め上げられていた。

苦しさに思わずハーフパンツの下腹に手をやると、恩田がパンツの裾から手を差しこんできた。リングのうえを指が這うのを感じる。

槇の目は条件反射にとろりと濡れた。

しばらく指で鉄を辿ったあと、恩田にハーフパンツを下ろされた。貞操帯が嵩張《かさば》るから家では下着をつけていない。淫らに拘束された陰茎が露わになる。

「鬱血《うっけつ》してるな。可哀想《かわいそう》に」

「っ、誰のせいで………」

恩田が上体を伏せた。貞操帯越しに舐められる。

もどかしい刺激に、槇は息を震わせる。勃起に気づくたびに、恩田は奉仕をしてくる。射精はできないから、ひたすら苦しくなるだけなのに、槇もまたそれを受け容れてしまっていた。つらさのなか、細い快楽がチリチリと走る。

「ぁ…あ、っ、う…外せ、よ。これ、外せよっ」

「外したら、お前は出て行く」

「――」

こんなものなどその気になれば、外してくれる人間を探すことはできる。恥を捨てて金を払えば、どうにでもなる。そして恩田も、そのことはわかっているはずだ。こんな拘束器具ひとつで槇を隷《れい》属《ぞく》させられるとは考えていないだろう。

そもそも器具を嵌められているだけのことで、槇の行動は制限されていない。初めのうちこそ歩くだけで違和感があったが、興信所の仕事はしているし、カモに会うこともできる。実際この一週間で二度カモに会った。しかし、すぐに心ここにあらずの状態に陥ってしまった。性器を包むひんやりした器具を意識するたびに、恩田のことが頭をよぎる。恩田の舌が鉄のうえを這うときの映像や感触が甦ってくる。

そうすると、いますぐ恩田に舐めてほしくなってしまうのだ。その欲求は強烈で、目の前のカモは意識の外に弾き出されてしまう。

「ぁ…」

脚からハーフパンツを抜かれる。

みぞおちまで捲れ上がった細身のタンクトップ一枚という姿になる。恩田が脚のあいだに移動して、また顔を伏せた。しかし今度は貞操帯ではなく、剝き出しになっている双嚢を掌で掬われて舐められた。

「っ、ん……んん…」

じかに舐められて、槇の身体は大きく跳ねた。これまでその部位で、ここまで感じたことはない。茎が封じられているぶんだけ過敏になっているのかもしれない。リングがどんどん食いこんで痛くて仕方ないのに、槇はみずから腰を浮かせてしまった。左右の玉を交互に含まれて、啜《すす》られた。

「あぁ…、ん…ふ」

演じてもいないのに、媚《こ》びる声が漏れる。

咥えられたまま、丸みを引き剝がすように引っ張られる。

頭がおかしくなりそうで、支離滅裂《しりめつれつ》なことを口走る。

「千切れ、よ」

「そこを千切って…吸い出せよっ」

すると恩田が双嚢をそれぞれ左右の手で握り、付け根からひねった。袋が嘘みたいに伸びて、玉が身体から離れていく。

恐いのか痛いのかわからないなか、拘束具のなかで陰茎が苦しく張り詰める。槙の身体は極限まで引き攣り――。

「え…な、に……ぁ、あああああっ」

身体がビクビクと跳ねた。性器の中枢が痙攣《けいれん》する。射精するときの快楽を何倍にも凝縮した衝撃に襲われていた。腰をベッドに落として身悶《みもだ》えると、恩田が双嚢をやんわりと揉《も》みしだきながら訊いてきた。

「イったのか？」

白濁は漏らしていないのに、味わったことのない絶頂の余韻《よいん》がいまだに続いている。心臓が小刻みに弾む。全身の毛穴が開いてしまっているみたいで、ゾワゾワと寒気がする。

まだつらいのに、恩田の手が会陰部《えいんぶ》へと這いこんだ。

「波打ってる――ここも、ヒクついてるな」

指先で後孔の襞《ひだ》を読まれる。

その指に力が籠められる。

「んんー」

中指をずぶずぶと挿《い》れられながら、槙はまた腰を跳ねさせた。射精しないせいなのか、快楽の波がまた簡単に昇ってきた。

もう耐えられない。槙は脚のあいだに両手を入れて、男のがっしりした手首を摑んだ。指を抜かせようとする。

「し、ごと──仕事、行かない、と」

「今日は土曜だ。安藤にも、お前を休日出勤させないと言ってある」

収斂《しゅうれん》する体内を指でねっとりとこじ開けられていく。指を根元まで嵌められると、粘膜がきゅうっと締まった。

「指を潰されそうだ」

「…っく…ぁ、…あ」

狭《せば》まりきったところにもう一本指を加えられる。槇は自覚しないまま、脚を大きく開いてしまっていた。また快楽の波が高まりきりそうになったとき、ふいに指を勢いよく抜かれた。

「朝からあまり苛めすぎるのもな」

さんざん好きなようにしてから投げ出したうえに、恩田がおかしな要求をする。

「今日と明日はその格好でいろ。腹を壊さないように冷房は緩めてやる」

タンクトップ一枚に貞操帯だけですごせというのだ。

「はぁぁ？　どんな変態だよ」

鼻の頭に皺を寄せて槇が上体を跳ね起こすと、恩田が陰毛を指先で撫でた。

「目に焼きつけておきたい」

「……」

その言葉には終わりを危惧《きぐ》する響きがあった。

新たな住居を探そうとしていたのは槇のほうなのに、なぜか胸が苦しくなる。終わるのなら、今日明日ぐらいは恥ずかしい姿でいてもいいのかもしれない。そんなことを思ってしまった。

そうして槇は一日中、恩田の視線に晒されつづけた。

タンクトップは丈が短めなデザインだから引っ張っても陰部は隠せない。片膝立ててソファに座るようななんでもない姿を凝視されて羞恥心《しゅうちしん》を掻き立てられたが、恥ずかしがっていると知られるのは癪《しゃく》だったから、そのままの姿勢を保った。

次第に、日常的な一挙手一投足すらもぎこちなくなっていく。

もしかすると全裸のほうがよほどマシだったかもしれない。性器は簡単に膨らみ、常にリングに抑えつけられている状態だった。

夜のカレーも、下半身を剝き出しのままダイニングチェアに座って食べた。

口の端についたカレーをわざと拭わずに椅子から立ち上がったら、恩田が舌で綺麗にしてくれた。そのまま舌を口のなかに入れられて、槇はドライで軽くイった。

たった一週間、射精管理をされただけなのに、心身ともに確かに変化しているのを感じる。大切ではない表層的な意地や去勢が剝がれて、その下の粘膜じみた過敏さが顔を現す。

いや、もしかするとその変化は、貞操帯を着けられる前から始まっていたのかもしれない。

鉄面皮《てつめんぴ》に騙されて、知らぬ間に甘やかされることに馴らされていったのではなかったか。

こうして快楽に蝕《むしば》まれた身体を恩田に抱き締められると、全身から力が抜けそうになる。安堵めいたものが温かく胸に拡がる。

恩田にすべてを委《ゆだ》ねてしまいたくなる。

——……でも、それは絶対にダメだ。

あの日のことを思い出す。

外泊許可で父親にホテルに連れて行かれた翌朝、槇は未明にひとりでタクシーに乗って施設に戻った。そして、庭に落ちていた無数の躑躅の花をひとつずつ靴の裏で擂《す》り潰《つぶ》していった。

まだ十四歳で、愚かな子供だった。でもいまは違う。誰にもなにも委ねずに生きていけるようになったのだ。

その晩も内容を覚えていられない夢を見た。目が覚めたとき、睫《まつげ》がぐっしょりと涙で濡れていた。

9

「マキちゃん、げっそりしてるけど、大丈夫か？」

金曜日の仕事上がりに、安藤が心配そうに訊いてきた。

「さあ？」

槙は他人事《ひとごと》みたいにぞんざいに返す。しかし、そろそろ限界に来ているのを感じていた。

「俺から恩田さんに、あんまり酷くしないように言ってやろうか？」

どうやら安藤は、恩田によって性的にいたぶられているのが衰弱《すいじゃく》の原因だと思っているらしい。

貞操帯を着けられて、二週間がたとうとしていた。まだ一度も外してもらっていない。射精という終わりがないままに、恩田の口や手指で何度追い上げられたか知れない。追い上げられて、痙攣する身体を抱き締められる……。

肉体以上に、精神のほうがすでに崖っぷちだった。

嫌な感情だけが残る夢が積み重ねられて、いまにも押し潰されてしまいそうだ。恩田から離れて元の生活に戻れば、きっと解放される。薄《う》っすらとだが、恩田への甘えや依存が悪夢を呼び寄せているのだということがわかってきていた。

「大丈夫ですよ。また、来週」

「ああ。月曜日にな」

槙は安藤に笑顔を向けてから興信所を出て、恩田の家へと帰る道すがらスーパーに寄って、食材を買いこんだ。

恩田はカモでなくなっていたから、同居を始めてからはほとんど料理を作ってやらなかった。奮発していい魚を買って和食を何品も作った。

恩田はうまそうに料理を食べてくれた。出会ったころよりも、恩田の表情筋はずいぶんと緩んだ。この顔ならば、ほかの人間の目にもおいしがっているのが伝わるだろう。

もしかすると恩田の離婚原因のひとつは、言外にさまざまなことを伝えるのが下手だったからなのかもしれない。

食後に風呂に入った槙は、バスタオルで身体を拭くと、なにも着ないままベッドに入った。あとから風呂を使った恩田が、遅れて寝室にやってくる。

「寝たのか？」

なにか用事でもあったのか、恩田が低めた声で訊いてきた。答えずにいると隣のベッドの揺れが、槙のベッドにもかすかに伝わった。

しばらくすると、ゆるやかな寝息が始まる。

槙はゆっくりと身体を恩田のほうへと向けた。レースのカーテンに濾《こ》された月明かりで、男の寝顔を目に焼きつける。

そして毛布から出て、貞操帯だけを身につけた身体を露わにした。恩田の毛布をそっと捲っていく。締まりのあるがっしりとした腰から、寝間着と下着を下ろす。長い肉の幹はだらりと垂れていた。上体を伏せて、それに舌を這わせると、恩田が喉を鳴らした。しかし目は覚まさない。

幹を摑んで先端から口に含むと、芯が生まれだす。唇の輪をゆっくりと押し拡げられていく。

槙は恩田の腰を跨《また》ぐかたちで両膝をベッドについた。半勃ち状態のものを右手で握り、左手で自分の脚のあいだを探る。後孔の襞を指先で開く。指にとろりとした粘液が伝う。バスルームを使ったとき、そこにローションを塗りこんでおいたのだ。

「う…」

指で拡張をして下拵《したごしら》えもしておいたのに、やはり恩田のものは太い。挿れようとするたびに亀頭が前後にズレる。その刺激だけで、槙の息は乱れていく。なんとか、ほんの切っ先だけ含むことができた。そこに慎重に体重をかけていく。

笠《かさ》の部分がなかなか入らなくて、汗が首筋を伝う。

「っつ」

ようやく返しの部分が襞を抜けた。大きな異物を挟んでいる感触に、内腿が震える。いまにも窄《すぼ》まりが男を吐き出してしまいそうだ。

何度も深呼吸をしてから、捻じこむようにして幹を半分ほど含んだときだった。

「っ、あ？　あ、……ぁ、ぁっ」

結合部分を急速に拡張されていく感覚に、槙は目を瞠《みは》った。男の器官がむくむくと膨張し、硬さを増していく。伸びた幹が体内の奥のほうまで伸びてくる。あまりのつらさに腰を上げようとするのに、上げられない。

いつの間にか、強い手指に腰を摑まれていた。驚いて恩田の顔を見ると、その目と唇は薄く開かれていた。黒い眸《ひとみ》が槙の裸体を這っていく。貞操帯に戒《いまし》められた性器も、奥の結合部分までも眺められた。

「私を犯してるのか?」

寝ぼけているのか、あるいは夢だとでも思っているのか、恩田が間の抜けたことを尋ねる。

「そ、うだ。俺が、犯してる」

「……そうか」

また、体内のものがググっと体積を増した。

「あ、ぁ――膨らませるなっ」

「無理を言うな」

槇の素肌の脇腹を男の手が下からなぞり上げる。親指の腹で左右の乳首を隠された。尖《とが》った粒をやわやわと押される。

「ようやく、お前から本当に求められたんだ」

「……」

カモとしてではなく、確かに恩《おん》田《だ》奏源《そうげん》という男が欲しくてたまらなかった。

男の硬いみぞおちに手をつくと、槇は不安定に呼吸を弾ませた。意識して下肢の力を抜く。自重を使って身体を沈めていく。内壁の抵抗に遭いながらも、ついに恩田のうえに完全に臀部をついた。

「ふ……ぅ」

男の強《こわ》い陰毛に、会陰部を擦りつけていく。初めは躊躇いがちに前後に揺すっていた腰が、次第に円を描くように貪欲に蠢きだす。

鉄のリングの筒に膨張を留められているペニスが根元から揺れる。貞操帯の先端の孔からはすでに透明な蜜が溢れていた。

「膝を立てて、足の裏を使ってみろ」

言われるままに、槇は犬がお座りするような姿勢になる。そうすると自然と、身体が上下の律動を始めた。内部をきつい摩擦で満たされる。

「ぁっ…、あ…、奥までゴリゴリ、くる…あ――」

体内が拓ききっていく感覚に、槇は泣くような喘《あえ》ぎを漏らす。

「蕩けてきたな――っ、…ん…」

そう教える恩田の顔もまた、いつになく甘やかに蕩けだしていた。捲れた大きな唇に、槇は吸い寄せられる。上体を伏せて、その狭間に舌を差しこんだ。舌を舐めあいながら腰を弾ませると、恩田の手が臀部へと這い下りた。尻の丸みを捏ねられ、男を食っている縁を指でなぞられる。

「ん…ンン、ぅ……ぅ」

槇の舌が恩田の口のなかで硬直し、震えた。射精のない絶頂は、果てたからといって治まることなく、さらに腹の奥をもどかしく爛れさせる。弱々しく腰を振っていると、恩田が腰をゆるやかに使いだした。あやされた粘膜が、男に絡みついていく。舌を吸われて――槇はふたたび腰を細かく引き攣らせる。

恩田が脚だけを動かして下げられていた衣類を脱ぎ捨て、身体を繋げたまま上体を起こした。槇は向かい合うかたちで、男の胡座《あぐら》のうえに座らされた。

恩田が寝間着のボタンを外し、上半身も裸になる。

ふたりのあいだを隔てているのは、貞操帯だけになった。身体を擦りつけあうほど、それは存在感を増していく。恩田の手指が苛立たしげに貞操帯のうえを這いまわる。

「触…て」

槇は朦朧《もうろう》となりながらねだる。

「もっと、触って」

届きそうで届かない愛撫《あいぶ》に焦《じ》れて、ふたりとも忙《せわ》しなく腰を使っていた。槇はもう途中から、絶頂感に囚われたまま身体を震わせつづけた。呼吸も心臓もつらい。

命の危機を覚えて恩田の首に腕を回してしがみつく。恐さに粘膜が収斂すると、恩田の両手が尻たぶを鷲掴《わしづか》みにしてきた。肉を裂くように指先に力が籠もっていく。

「ぐ…ううう」

獣《けもの》じみた唸《うな》り声とともに、体内のものが大きく脈打った。繰り返し繰り返し、脈打っていく。

大量の種を深い場所に叩きこまれて、槇は痴《し》れた表情になる。腕からも力が抜けて、上体が仰向けに倒れた。

恩田が身体を捩《よじ》ってナイトテーブルのうえの引き出しを開け、そこから小さな鍵を取り出した。

焦点の合わない目で、槇は瞬きをする。まさかそんなところに貞操帯の鍵がしまってあるとは思わなかった。本気で探そうと思えばすぐ見つかるところに、恩田はそれを置いていたのだ。……思えばこの二週間、槇は一度も鍵を探さなかった。

貞操帯に取りつけられた南京錠が外される。性器の根元を括《くく》っていた鉄の輪が開く。茎に食いこんでいるリングの連なりが抜かれていく。

縞模様に鬱血《うっけつ》したペニスを、恩田が両手でくるんだ。突然、自由にされたそれは困惑して身をくねらせた。それから恐る恐る、膨らみはじめる。いつものようにリングで阻まれないと知ると、槇自身が驚くほど大きく膨らんだ。

先端をじかに親指で撫でられただけで、信じられないぐらいの快楽が溢れかえる。

「ぁ、あ、擦る、な…ん、ん…」

腰が勝手に動きだす。体内と性器に恩田をありありと感じて、喜悦がこみ上げてきた。槇の動きを増幅するように恩田が強く突き上げてくる。次第にどちらの動きかわからなくなる。

夢中で身体を捏ねあううちに、鮮烈な快楽がこみ上げてきた。

「ひ、ぁ――出そ、う…ぅ」

訴えるように教えると、恩田がひときわ激しく身体を打ちつけた。

「ぁあああ、ぁ、ぁ…」

ひと突きごとに、白濁が勢いよく茎を貫いて噴き出す。恩田の顔にも、槇の顔にも、濃い粘液がびしゃびしゃとかかっていく。

槇が射精を終えると、恩田はペニスを引き抜いた。そうしてみずからの手で擦ると、果てた槇のものへと種をかけた。

恩田の温かい体液にまみれさせられて、槇の茎は歓喜にわななないた。


目を開けると、レースのカーテンが眩《まぶ》しい陽光に白く輝いていた。眩しさに左腕を目のうえに翳《かざ》し――手首になにかが巻かれているのに気づく。

腕時計だ。

いい時計だが新品ではない。いつも恩田が嵌めている時計だった。シンプルでいかついデザインは、恩田らしい趣味だ。革のベルトがしっとりと手首に吸いついてくる。

しかしどうして、これが自分の手首に巻かれているのか。訝しく眺めていると、横から教えられた。

「私が大切な人間に渡したい時計は、それだ」

「――……」

槇はそっと時計を撫でた。呟く。

「思い出した」

「なにをだ?」

「夢」

「私のせいで見ると言っていたやつか。時計が関係あるのか?」

頷く。

「親父が、バカみたいに金ぴかの時計を買ったんだ。俺を売った金で」

恩田が大きく身じろぎした。

「売ったとは、どういう意味だ」

「そのまんま。十四歳のとき、外泊許可で親父に連れて行かれたホテルで、男に」

煙草を買いに行った父親が戻ってきたのかと思ってホテルのドアを開けると、そこには見知らぬ男が立っていた。スーツを着た、父と同じぐらいの年頃の男だった。

騒ぐと父親に迷惑がかかると言われたから、槇はただただ行為に耐えた。父にはすでに大金を払ってあるが、すごくよかったからと二万円を手渡された。その金で、槇は早朝にタクシーを拾ってひとりで施設に戻った。施設の庭には落下した躑躅の花がたくさん転がっていて、槇はそれをひとつずつ丹念に靴の裏で擂り潰した。

「売られてから二ヶ月後に、また外泊許可が出た。親父はいかにも高そうな時計を嵌めてた。俺を売った金で買ったんだと思う」

「……父親を問いただしたり、誰かに相談したりはしなかったのか？」

「できるわけないだろ。俺はただ、親父と一緒に暮らしたかった。親父を詰ったり、人に知られたりしたら、もう絶対に家に戻れないってわかってた」

　いま考えれば愚かでも、八歳から十四歳まで、いつも考えていたことは家に戻って父親と暮らしたいということだったのだ。

「そしたらさ。また売られた」

「……」

「二回、俺を売ったあと、親父の行方《ゆくえ》はわからなくなった。近所の人は、親父が失踪前、若い女と歩いてるのを何度も見たって言ってた。その女と暮らすのに、俺が邪魔だったんだろうな」

　空っぽの我が家を覗き、父が自分を捨てて女と逃げたのだと知ったとき、胸のなかに冷たくて固くて尖ったものが生まれた。父のことを思い出すたびにそれが暴れて痛んだ。その痛みは、父に似た男たちを誑かして踏み躙ると一時的に治まる。

　どうせあの男たちは子供から搾取《さくしゅ》することはあっても、なにも与える気はないのだ。だから槇は男たちから搾取して、子供たちに与えることにした。

腕時計をしまってある貸金庫の契約や株取引の口座を別人名義にしてあるのは、自分に万が一のことがあったとき、父にそれらが渡らないようにするためだった。

父親には、もうなにひとつ渡さない。そう決めたのだ。

「槇」

恩田が手を握ってきた。強くて頼もしい手だ。槇は笑って見せる。

「別にだからどうって話でもないんだけどな。まぁだから、あの頃の親父みたいなバカ男を見ると、むかつくからカモにして憂《う》さ晴《ば》らししてきたって話」

軽く言って、左手首を恩田に見せる。

「歴代カモのうちで、あんたが一番のケチだ」

「そうか」

恩田が目の輪郭をきつく歪めたまま微笑した。槇は泣いていないのに、恩田のほうが泣きたいような顔をしている。初めて見る、優しくて脆い表情だった。その顔を見ていたら胸が苦しくなった。

槇は恩田の手から手を抜いて、伸びをしながら起き上がる。

「あー、なんかすげぇ煙草吸いたい」

「煙草を吸うのか?」

吸わないけれども頷いて見せる。

「禁煙してたんだけどな。ちょっと買ってくる」

「俺のを吸えばいい」

「やだよ。あんなおっさん煙草」

鼻で笑ってから、恩田の頬を撫でる。

「そこのコンビニまでだから、すぐ帰ってくる」

「今晩はカレーだぞ？」

「わかってる」

槇は軽く身支度を整えて、マンションをあとにした。

＊

マンションに隣接する公園の木々は紅葉の盛《さか》りもすぎて、道路に乾いた葉を撒《ま》き散らしている。その紅葉を踏みながら歩いていると、コートのポケットで携帯電話が震えた。着信した息子からのメールに、恩田は頬を緩める。常緑の躑躅の低木の切れ目から公園のなかに入り、スーパーのレジ袋を置いてベンチに腰を下ろした。メールの返事を打って送信する。

それから携帯のアドレス帳を開いて、槇圭人のデータを呼び出した。

三ヶ月前のあの朝、煙草を買ってくると言ってマンションを出て行ったきり、槇は帰ってこなかった。

この番号もメールアドレスも、すでに使われていない。躑躅の家にも、前に恩田と一緒に行ったのを最後に顔を出していないそうだ。

いまもどこかで、男たちに父親を重ねて、罰しているのだろうか。

嫉妬《しっと》とやる瀬なさがこみ上げてくる。

貞操帯を外すのではなかったと、何度思ったかわからない。もし外さなかったら、槇はまだ自分と一緒に暮らしていたのではないか。

あの朝、一抹《いちまつ》の不安を覚えながらも槇をひとりで出かけさせたのは、自分たちの関係を信じたかったからだ。

一緒にいることが自然なことに思えていたのは、ひとりよがりだったのだろうか……。

夕暮れのなかをマンションに帰り、レジ袋の中身を調理台のうえに並べていく。人参、じゃがいも、玉葱《たまねぎ》、豚バラ肉。カレー粉は先週の残りを使う。

まずは炊飯器に米をセットして、それから料理にかかった。

槇がいなくなってからもこの三ヶ月間、毎週土曜はカレーを作っている。いつ帰ってきてもいいように。あるいは、カレーを作っていれば槇が戻ってきてくれるかもしれないと、どこかで思っているのかもしれない。ついでに禁煙も続けている。願掛けだ。

火を止めて煮こんだ具材のなかにルーを溶かしこんでいると、ダイニングテーブルのうえで携帯電話が震えた。また息子からのメールが着信していた。その中身を確かめた恩田は、肩で大きく息をした。

そして、ダイニングチェアの背にかけていたコートを羽織《はお》ると、車のキーを手に部屋を飛び出した。

外堀通りを通って文京区に入る。コインパーキングに車を駐《と》めて、小石川後楽園の西門へと急ぐ。

信号機に止められた恩田は、横断歩道の向こう側を見た。

公園を囲む、瓦《かわら》を載せた武家屋敷風の塀。閉園時間はとっくにすぎていた。

閉じられた西門の手前にある電話ボックスが光を放っている。その向こう側に人影があった。

小柄なほうは、息子の琢だ。そしてその横に立つすらりとしたほうは――心臓でドンと音が鳴った。

信号が青に変わる。

大きな足取りで横断歩道を渡っていくと、電話ボックスの向こう側で槙主人が顔を上げた。視線が合ったとたん、恩田は走り出していた。

槙が目を見開き、逃走しようとする。その槙の腕に、琢がしがみついた。

「父さんっ、早くっ!!」

槙が琢の手を振り払ったのとほとんど入れ替わりに、恩田は槙にタックルをかけた。大きくよろけた槙が反射的にしがみついてくる。その身体をきつく抱きこむ。

幾度か抵抗する力が腕のなかで起こり、次第に弱まっていく。

すぐ横で息子が安堵した声で言う。

「よかったぁ。逃げられちゃうかと思って、すげードキドキした」

恩田は片手を伸ばして、息子の頭をぐしゃぐしゃと撫でた。

「助かった。ありがとう、琢」

琢が照れくさそうな笑顔で鼻の頭を掻いて、ぼそぼそ言う。

「まぁね。父さんから頼りにされたの、初めてだったし」

「琢、俺のこと嵌めたんだ?」

詰る槙に、恩田は教える。

「琢とは頻繁に連絡を取ってるからな。息子が不審者に呼び出されたら、父親が駆けつけて当然だろう」

「……頻繁にって」

「父さんと、メールもするし電話もしてるよ。月に二回は一緒に遊びに行くんだ。父さん、母さんにたくさん頭を下げたんだって。そんな父さん初めて見たって、母さんちょっと笑ってた」

「――」

栗色の目が至近距離から見上げてくる。少し濡れているのがわかった。

「人に八つ当たりするぐらいなら、本当に大切なものを正面から取りに行けばいい……お前といて、そう思うようになった」

槇が唇を噛んで俯く。

「でも、どうして俺が琢に連絡取るってわかったんだよ」

「腕時計を渡そうとすると思ったからだ」

「うん。さっき、これ渡された」

琢が掌に載せた腕時計を見せて口を尖らせる。

「こんなダサいのいらない。それに、ほら」

パーカーの袖を捲って、細い手首を見せる。

「父さんが買ってくれたんだ」

嬉しそうにG―SHOCKを見せびらかしてから、琢が槇の左手首にダサい時計を巻いた。

「だからこれは、槇にあげるよ。槇なら、ダサくならない」

槇の身体の震えが触れているところから伝わってくる。水っぽい鼻声で文句を言われた。

「本当に、親子揃って性質が悪いんだな」

「そうだな。だから、諦めろ」

恩田の脇腹を槇が拳で殴った。かなりの力だ。

何度か殴ってから、ふいに、腰にやわらかく指先を食いこませてきた。

エピローグ

「ごちそうさま。……うまかった」

カレーライスを食べ終えた槇は、初めて素直に恩田のカレーを褒めた。

食器を片付けようと立ち上がると、恩田が近づいてきた。口の端のカレーという言い訳も必要なしに、唇が重なる。

三ヶ月間、ずっとこの感触が恋しかった。つい数時間前までは、二度と味わうことがないのだと決めつけていた唇を、槇は無心で貪《むさぼ》る。

ふたりとも酸欠になりかけたところで、ようやく顔が離れた。そのまま恩田に固く抱きこまれる。槇がここにいるのを確かめるように、掌が背中や腰に何度も押し当てられる。しばらくして実感が湧《わ》いたらしく、耳元にゆるい溜め息がかかった。

安心したら、違うことが気にかかりだしたらしい。

「ほかの男とも、こんなふうにしてたのか?」

「……してない」

「本当か?」

「カモろうと思って男には会ったけど、してない」

「それならいい」

槇は思わず呆れ声で指摘する。

「詐欺はいいのかよ」

「よくもないが、ほかの男に触らせてないなら、まぁいい」

「ヤメ検が色惚《いろぼ》けしすぎだろ」

からかうと、恩田がいくらか我に返ったのか、問いただしてきた。

「それで、またカモから時計を巻き上げてるのか？」

「――連敗した」

恩田が身体を少し離して、顔をまじまじと見詰めてくる。

「なにが連敗なんだ？」

「だから、連続でカモるのに失敗した」

よほど槇の結婚詐欺の腕を評価していたようで、恩田が本気で怪訝そうな表情を浮かべる。

「いったいなにがどうしたんだ？　体調でも悪いのか」

「さあ？」

肩を竦《すく》めてわからないふりをしたが、本当のところだいたいの見当はついていた。

色恋を武器にする結婚詐欺師が、本命にばかり心を奪われていたのでは商売にならないということだ。まだしも異性なら小手先で騙せたかもしれないが、やはり女と結婚していたノーマルな男を同性である槇が口説《くど》くのにはそれなりの濃《こま》やかさとエネルギーが必要なのだろう。

「それなら、アカサギは廃業というわけか」

恩田が妙に満足げな顔をする。

「安藤があのあと試しに助手を雇ったんだが、使い物にならないと嘆《なげ》いてた。また手伝ってやれ。あっちもお前の天職だ」

「また調子よくこき使われんのか」

文句を口にしながらも、槙の頬は緩む。

いかにも普通の日常らしい日常に戻れることが、戻れる場所があることが、どんなに得がたいか。

それを、この三ヶ月間で思い知らされた。

もし今夜、恩田に会わなければ、その先の自分はどうなっていたのだろう？

それに、恩田は槙に最高のプレゼントをくれた。

恩田が息子を大切にする姿を見ることができて、自分のなかで暴れていた尖った石が砕《くだ》けたのを感じたのだ。あれは精神の結石とでも言うべきものだったのだろう。


背後から貫かれて、槙は四肢をついた身体を跳ねさせる。

シーツはふたりの精液でぬるりと湿っていた。もう二回も恩田は槙の体内に放ったのに、まだまったく満足しないらしい。それは槙も同じだった。

肘をベッドについて背中を丸めて俯くと、勃起したまま激しく揺れる自分の性器が見えた。それが白濁交じりの先走りを大量に散らす。

気持ちよくてたまらないのに、なにかが足りない。

「……」

下肢に手を伸ばす。茎と双嚢の付け根をまとめて指の輪で押さえた。痛みを覚えるほどきつく封じる。

「あ、っ」

堰《せ》き止められる苦痛とともに、全身が強張る。

「ああ…、ああっ」

「――槇？」

激しく収斂する内壁に動きを阻まれた恩田が苦しげに身じろぎし、槇の下腹へと手を差しこんできた。そうして、手指で戒められている性器をまさぐる。

「や…っ、く…」

「なにをしてるんだ、お前は」

そう言う恩田もまた、急速に昂《たか》ぶりを覚えたらしい。さらに硬く膨らんだペニスで、きつく絡みつく粘膜を擦りだす。

腰を抱えこまれて癒着《ゆちゃく》しそうな結合部を揺さぶられ、槇の目と唇はぐっしょりと濡れそぼる。求めていた体感に、身体が内側から波打つ。

「――イく…も、う…」

射精できないまま腰がガクガク震えだす。

「ひ、…ぐ」

「ま、き…、っ、……う、うっ」

三度目にも関わらず、恩田は槇のなかに濃い粘液を叩きつけた。

ふたりとも深い充足感に息を荒げて、繋がったままの身体を緩慢《かんまん》に揺すりあう。その波のなかで、槇の意識は混濁していく。

次に目を開けたとき、レースのカーテンはかすかな暁光《ぎょうこう》を透かしていた。その光で、恩田の寝顔を眺める。あれだけ激しいセックスをしたのに、いまだにどこか現実味が足りなくて、男の頬に触れてみる。

「んー…？」

恩田が薄く目を開く。

指の下で表情筋がやわらかく動いた。

裸の腕が上げられて、槇の額に掌が当てられる。

「頭痛はしてないか？」

槇は頷く。嫌な夢は見なかった。でも、違う夢を見た。現実の延長のような、いやらしい夢だ。

「……なぁ、アレ、どこ？」

「アレ？」

恩田が槇を見詰めてから、ふと思い出し笑いのような表情を浮かべた。

「ああ、アレか」

裸体を捩って、ナイトテーブルへと手を伸ばす。上段の引き出しを開ける。

「これだな？」

「そう、それ」

大人の男が口にするにはいささか滑稽《こっけい》だから、指示語だけでやり取りする。

「――嵌めてほしいのか？」

「そういう夢を見てた」

は粟立《あわだ》つ。

「そうか」

恩田が逞《たくま》しい身体を起こしながら、目を細める。その黒い眸が嗜虐《しぎゃく》の光を孕《はら》むのを見て、槙の肌は粟立《あわだ》つ。

南京錠が開かれて、鉄のリングが拡がる。

ひんやりしたリングの連なりに、亀頭から食べられていく。

「ふ…」

これから味わう苦しさと快楽に、槙の吐息は震える。

カチリと音がして南京錠が閉められる。抜かれた鍵はナイトテーブルのうえの引き出しへと入れられた。そこに鍵があると知っていながら、決して自分がそれを手にしないことを槙は知っている。

貞操帯を嵌めるのも外すのも、恩田だけに権利がある。

早くも、鉄の輪が性器を締めつけはじめる。

どんな際どい下着よりも屈辱的で、苦しくて、……気持ちいい。

「よく似合う」

ノイズ交じりの低い声で呟いて、恩田がぬかずくように裸の上体を伏せた。

貞操帯のうえを大きな舌が這っていく。

服従させられたのか。服従させているのか。

綯《な》い交ぜになる興奮に、槙は恩田の頭を抱えこんできつく目を瞑る。

先端を啜《すす》られたとき、極限まで張り詰めた身体の芯が弾けて、瞼《まぶた》の裏で見えない花火が花開いていった――――。

あとがき

こんにちは。沙野風結子《さのふゆこ》です。

本作を手に取ってくださって、ありがとうございます。

今回は男を騙す男の結婚詐欺師という無茶ぶりでロマンのある設定です。女装じゃなくて、男として男を騙してます。初めは女を騙す結婚詐欺師にしようかと考えていたのですが、自分が萌えられないのでやめました…。

バツイチ子持ちという攻キャラもあまり書いた記憶がなくて新鮮でした。

そして今回の裏テーマは「貞操帯」です。貞操帯の大義名分のある(気がする)拷問器具というポジションに萌えます。初めて現物(女性用)を中世犯罪博物館で見たときから心を奪われました。

イラストをつけてくださった小山田《おやまだ》あみ先生、迫力と色気の溢れる絵で作品に厚みを出してくださって、ありがとうございます。いつもイラストの一枚一枚を眺めては、もうただの一読者として幸せになっています。

担当様、この度もたいへんお世話になりました。

妙な設定の話ですが、読んでくださって皆様に、どことなり楽しんでいただけていたら嬉しい限りです。

＊沙野風結子

風結び＊http://blog.livedoor.jp/sanofuyu/

Lovers Label

アカサギ～詐欺師と甘い鉄枷～

ラヴァーズ文庫をお買い上げいただきありがとうございます。
この作品を読んでのご意見・ご感想をお聞かせください。
あて先は下記の通りです。

〒102−0072
東京都千代田区飯田橋2-7-3
(株)竹書房　ラヴァーズ文庫編集部
沙野風結子先生係
小山田あみ先生係

2014年5月31日
初版第1刷発行

●著　者
沙野風結子
●イラスト
小山田あみ

●発行者　後藤明信
●発行所　株式会社　竹書房
〒102−0072
東京都千代田区飯田橋2-7-3
電話　03(3264)1576(代表)
　　　03(3234)6246(編集部)
振替　00170-2-179210
●ホームページ
http://bl.takeshobo.co.jp/

●印刷所　共同印刷株式会社
●本文デザイン　Creative·Sano·Japan

ISBN 978-4-8124-8906-2　C 0193